岸田理生戯曲集

III

鳥よ　鳥よ　青い鳥よ

岸田理生

而立書房

目次

鳥よ　鳥よ　青い鳥よ

岸田理生戯曲集Ⅲ

装幀・神田昇和

鳥よ　鳥よ　青い鳥よ

■登場人物

男1
男2
男3
男4
女1
女2
女3
少女
ダフ

1　町の人々

雨が降っている。

ひっきりなしに降っている。

そこは雨の町。

晴れることはない。


背後に雨の町。

舞台は遠浅の海。

空間の後方には歪んだ桟橋がジグザグに作られている。

両脇に魚網の張り巡らされた階。

上手の階からは宙に突き出た一枚の板がある。

そこは町から追い出されたダフの塒だ。

今、ダフは眠っている。

下手の階を昇降するランドセルを背負った老人少年たち。

彼らは〝使ってはいけない言葉〟を忘れることが出来ない為、また、〝使っていい言葉〟を覚えることが出来ない為、罰として永劫の昇降を命じられているのである。


眠るダフ。

昇降する老人少年たち。

不意に行進曲。

舞台、平手打ちされたように明るくなると、町の人々が命じられた朝の散歩に出かけてくる。


歪んだ笑い。

人々の顔には、笑いとともに町の住人であることを証し立てる黒丸が刻印されている。

ある者は、右眼の回りに。

ある者は頬、ある者は鼻、ある者は額に。

それは掟に抗って受けた殴打の痕と重複する。


人々は、鍋や釜、杓子や鉢を頭上に翳して雨を防いでいる。

この町では傘をさすことは禁じられている。

雨は、良いもの、なのだ。

陽光は、悪いもの、なのだ。

掟に従い、だが人々は体の深奥で雨を否んでいる。拒んでいる。

だが傘をさすことはできない。

だから人々は、言い逃れの傘を探し出した。

〝台所のものたち〟は、いつでも雨を溜める用具に変わる。

行進曲。
人々は、なかなか前進しない歩行で、やってくる。
九十九折れの桟橋をやってくる。
そして、海に至りつくと、朝の挨拶を交わし合う。笑いながら。

男3 きぶりご。（いい天気だ）
男2 ぶきりご。（いや、まったく）
男1 ぶきりご、ぶきりご。（まったく、まったく）
女1 きぶごり、雨。（雨よ、今日も）
女3 ぶきりご、雨。（そう、雨）
女2 ぶきりご、雨、ぶきりご。（そう、雨よ、そう）

女3は、松葉杖を突いている。

男2 きりごぶ？（調子はどうですか？）
男3 りきぶご、りきぶご。おたくは？（快調ですよ。おたくは？）
男1 りきぶご、りきぶご。（快調ですよ）

男たち、笑い合う。

女1　ごぶ？（どう？）
女2　ぶご、ぶご（よくてよ、とても）ごぶ？（どう？）
女3　ぶご、ぶご。（よくてよ、とても）

女たち、笑い合う。

男1　きりごぶ、歯磨き？（歯磨き、しましょう）
男2　きぶ、きぶ。（ええ）
男3　りごぶき、歯ブラシ。（新しい歯ブラシを貰いましたよ）

真新しい歯ブラシを取り出して、みんなに見せる。
歓声が上がる。
それぞれ、ちびた歯ブラシを取り出して歯を磨きはじめる人々。長く、熱心に。
やがて、

男1　清潔第一。

女2　不潔は殺せ。
男3　朝、起きて、
女1　顔を洗って、歯を磨く。
男2　清潔第一。
女3　不潔は殺せ。
男3　りぶごき（町に栄えあれ）
女1　ぶりきご（私たちは清潔です）
男2　りぶごき
女3　ぶりきご
男1　りぶごき
女2　ぶりきご

歯を磨き終わると、人々は、執拗に顔を洗う。
歪んだ鐘の音。

男1　きり、散歩。（散歩の時間は終わりだ）
女3　きぶ。（ええ）

人々は、ごぶ？（どう？）と聞き、ぶご（とてもいい）と答え、笑い合いながら、去ってゆく。

するとダフが眼を覚ます。

2　ダフ

眠りから醒めたダフは、唐突に語りはじめる。

ダフ　俺の塒は狭い。入口は外から閉ざされ、出口は海だ。でたらめ馬鹿の糞ったれ。夢を見ていた。間抜け。俺はいつも同じ夢をみる。阿呆。そうして、起きた時には、夢の中味を忘れている。この野郎。
いつもいつも、俺はあいつらに起こされる。あんぽんたん。町内会の早起鳥。チイチイパッパの雀の学校。あいつらは、口を揃えて、チイチイパッパのきぶりごと言う。嘘つくなよ、抜け作。嘘ついて、きぶ、ごぶ。俺には、あいつらが何を言っているのか、わからない。気違い。あいつらは俺を黴菌だと名指して隔離した。ど助平。本音の毒を撒き散らす黴菌。それが俺だ。犬畜生。思い出した。言葉が海を流れて行く夢だ。あいつらの昔の言葉たちが、悲鳴をあげて波に誘われて行く夢だ。
そう、あいつらも昔は言葉を使っていた。嘘もあった。だが本音もあった。言葉を振りかざして喧嘩をしたり、言葉を包み込んで、あったかくなったりしていた。
俺は、言葉を忘れたくない。だから話す。話し相手もいないのに、話す。一日中、話している。

ふと、ダフは、話しやめる。

町から、空の鳥籠を持った少女がやって来たのだ。

3　少女

少女は、ジグザグの桟橋をまっすぐにやって来る。
そして、誰にともなく訊く。

少女　鳥よ、鳥よ、青い鳥
緑の豆の畑に　降りないで
豆の花が散れば
食べ物売りが泣いてゆく。
青い鳥を見ませんでしたか？　あれは、悪い鳥です。不吉な翼で空を曇らせ、尖った嘴で地面を突つく。
ダフ　言葉だ……。
少女　誰？
ダフ　ここだ。

少女はダフを見つける。

少女　そう、私は言葉。こんにちは。
ダフ　もう一度。
少女　こんにちは。おはようの時間が過ぎて、こんにちはの時間。
ダフ　おはよう、だか、こんにちはだか、わからない。いつも雨だ。一日中、雨だ。

と、雨の中に、一筋の光がさす。

少女　ほら、陽ざしよ、こんにちはの陽ざし。なぜ、そんなところにいるの？
ダフ　鍵をかけられている。
少女　どうして？
ダフ　臭いもんには、蓋だ。
少女　そこへ行ってもよくって？
ダフ　ああ、いい。だが、入れない。あいつらは、俺をここに隔離して、鍵をかけ、それから鍵を捨てた。
少女　どこに捨てたの？
ダフ　海の底。あいつらが言葉を捨てた海の底。
少女　今、そこへ行くわ。

話しながら、階をのぼり、ダフに近づく少女。少女には、扉が役に立たない。

少女　こんにちは。
ダフ　なぜ？
少女　なにが？
ダフ　入って来た。
少女　ええ。

ゆっくりと少女に向かって腕を伸ばすダフ。指の先を触れて、少女を確認してゆく。同じ行為をする少女。

ダフ　髪の毛。
少女　髪の毛。
ダフ　額。
少女　額。
ダフ　眉。
少女　眉。
ダフ　眼。
少女　眼。

ダフ　鼻。
少女　鼻。
ダフ　唇。
少女　唇。
ダフ　頬。
少女　頬。
ダフ　顎。
少女　顎。
ダフ　肩。
少女　肩。
ダフ　腕。
少女　腕。
ダフ　心臓。
少女　心臓。
ダフ　腰。
少女　腰。
ダフ　足。
少女　足。

ダフ　手。
少女　手。
ダフ　指。
少女　指。
ダフ　実体だ。
少女　私は、空気に似ている、もの。
水に似ている、もの。
風に似ている、もの。
陽ざしに似ている、もの。
いつのまにか、ひっそりと、忍び込む、もの。

陽ざしが強くなる。
と、町の人々が現れる。

4　光の毒

町の人々は手で眼を覆い、指と指の隙間から世の中を覗き、畸形の歩行でやってくる。不安がある。

男2　ごぶりき。（変だ……）
女3　きぶ、ごぶりき。（ええ、変よ）

沈黙。
歩行。

男3　ごぶりき。
女1　きぶ、ごぶりき。

沈黙。
歩行。

男1　ごぶりき。
女2　きぶ、ごぶりき。

沈黙。
歩行。

男2と女3、男3と女1、男1と女2は体のどこかをくっつけ合って、やってくる。男4だけが一人で、赤ちゃん人形を抱きしめている。

男3　ごぶりき、陽ざし、りぶ。（変だ、陽ざしが降る）
女1　きぶ、ごぶりき、雨、ぶり。（変だわ、雨が止んだ）

沈黙。
歩行。

男1　ごぶりき、陽ざし、りぶ。
女2　きぶ、ごぶりき、雨、ぶり。

沈黙。
歩行。

男2　ごぶりき、陽ざし、りぶ。
女3　きぶ、ごぶりき、雨、ぶり。

沈黙。
歩行。
やがて、町の人々は、立ちどまり、疑わし気に視線を交わす。

男1　ごぶりき。
男2　ごぶりき。
男3　ごぶりき。
女1　きぶ、ごぶりき。
女2　きぶ、ごぶりき。
女3　きぶ、ごぶりき。
男2　ごぶりき、陽ざし、りぶ。

囁き交わす言葉は、次第に早口になってゆく。

男3　ごぶりき。

女1　きぶ、ごぶりき。
男3　痛い。
女1　きぶ、痛い。

男3と女1、体をくっつけ合ったまま、痙攣する。

男2　ごぶりき。
女3　きぶ、ごぶりき。
男2　体。
女3　きぶ、体。

男2と女3、体をくっつけ合ったまま、痙攣する。

男1　ごぶりき。
女2　きぶ、ごぶりき。
男1　体が痛い。
女2　体が痛い。

男1と女2、体をくっつけ合ったまま、痙攣する。
赤ちゃん人形を抱きしめて痙攣する、男4。
痙攣は、次第に速度を速め、激しくなってくる。
少女とダフは、塒の中から、それを見ている。

少女　気持ちいい。光が時の恵みのように降ってくる。あったかい。
ダフ　ああ。

男2　痛い。
男1　痛い。
男3　痛い。
女3　体。
女2　体。
女1　体。
男1　光。
男2　光。
男3　光。
女1　光。

女2　光。
女3　光。
男3　光の針、ごりぶき。（降ってくる）
男2　光の針、ごりぶき。
男1　光の針、ごりぶき。
女2　光の毒、ごりぶき。
女1　光の毒、ごりぶき。
女3　光の毒、ごりぶき。

果てしなく体を震わせる人々。
少女とダフは、塒の中から、それを見ている。

少女　子供の頃、樹にのぼって、いろんなことを考えていたわ。樹の上は、考えごとにとてもよかった。なぜかって言うとね、螺旋のてっぺんだからよ。樹の枝は、幹のまわりをくるくるときれいに取り巻いて生えている。螺旋形に生えている。螺旋は、特別な力を持っているものよ。生き物たちは、みんな、螺旋を持っている。

痙攣していた男4が少女を見つけて、硬直し、悲鳴をあげる。

それに気付いて、硬直し、男4の視線を追う人々。少女を見つける。

男3　黴菌がふえた。

叫ぶ。

5　風の舌

少女は、町の人々に話しかける。

少女　こんにちは、みなさん。
町の人々　言葉だ。

町の人々は、叫んで耳を塞ぐ。

少女　今、そこへ行きます。

少女は、塒の階を降りて行く。

男2　りごきぶ。（大変だ）
男1　りごきぶ。
女1　りごきぶ。
女2　りごきぶ。
女3　りごきぶ。

慌てふためく人々。
ダフは、一緒に降りようとするが、鍵をかけられた扉に阻まれる。
ダフの言葉の力では、まだ牢獄を抜け出ることはできない。
扉を打ち破ろうとするダフの、哀しい反復行為。
町の人々は、目まぐるしく動きまわりながら、話す。

男1 閉じ込めたのに。
男2 鍵をかけたのに。
男3 その鍵は、海の底に捨てたのに。
女1 入った者がいる。
女2 出た者がいる。

男4だけが棒立ちになって、ダフを凝視している。

男3 何故だ？
女1 何故？
男1 何故だ？

女2　何故？
男2　何故だ？
女3　何故？

少女は歩く。

ダフは脱出行為をくり返す。


ダフ　この町で、言葉は他人とうまくやっていくためだけの道具だ。みんなが嘘をつき合う。嘘は潤滑油だ。一日の終わり、あいつらは、今日ついた嘘を手の平に乗せて、重さを計り合う。うまくいった一日。それはおびただしい嘘が行ったり来たりした一日だ。この町の人々は、寝言にさえ、本音を言わない。

言葉、相手を屈伏させる武器。

言葉、弁解の道具。

言葉、あまりにも放恣な想像力を引き止めるための接着剤。

言葉、溜め息にかわるもの。

言葉、過去の不運の落葉を掃き集める竹箒。


いつの間にか、男4はダフの行為と同じ行為をしている。

そして少女は、人々に近づく。

少女　おはよう、と、こんにちは、と、こんばんは、と、おやすみなさい。

男1　やめてくれ、不潔がうつる。

女2　きぶ、りごりご、ごきごき。（ええ、不潔がうつる）

少女　さようなら、と、また明日。

男2　よらんでくれ、病気になる。

女3　きぶ、ごりごり、きごきご（ええ、病気になる）

少女　お元気ですか？

男3　あっちへ行ってくれ。黴菌。

女1　きぶ、きりりき、きりりき。（ええ、あっちへ行って、黴菌）

だが、少女は、女たちに触れる。

やさしく、ゆっくりと。

すると女たちは、地に縛される。

少女　風の舌は、こんなふうに触れるんです。

笑みかける、少女。
女たちは男たちに言う。

女1 助けて。
女3 助けて。
女2 助けて。

だが、男たちは逃げて行く。
口々に、

男3 きりりき、きりりき。
男2 ごりごり、きごきご。
男1 りごりご、ごきごき。

と言いながら。
女たちは、置き去りにされる。
そして、いつの間にか、ダフと男4は、行為の会話をしている。
ゆっくりと月光。夜になってゆく。

6　幻化

少女は、女たちに触れる。すると、女たちは話す。

女1　あの人、どこか一本、心棒が抜けているんじゃないかと思う程、欲がなかった。

女2　あの人、いつも酒という船に乗り込んで、身を委ねているような感じだった。人と話をするのが難儀で、そのはにかみを酒でまぎらそうとしていたのね、きっと。

女3　きりりこ、きりりこ。

少女　それはもう、忘れていいのよ。

女3　兄さん、やさしかった。

女1　私たち、一緒に食べたわ、一緒に話した。一緒に笑って、一つの食卓から一つの寝床に移った。

女2　赤味の多い夏の月の下で、私たち、そうね、私たち、抱擁した。

女3　背中、大きかったわ、兄さん。

女1　私たち思っていた。思い出は、大事に光って、あまり残らないのがいい。一つの言葉、一つの出来事、一つの大事があればいい。

どこからか、やさしい太鼓の音が流れ込んで来る。

女2　たむたむ、だわ。
女1　そうね、たむたむ。

ひっそりと、地を踏みはじめる少女、女たち。そしてダフ、男4。

少女　早いたむたむ。
女3　普通のたむたむ。
女1　静かなたむたむ。
女2　愉快なたむたむ。
女1　たむたむ。
女3　たむたむ。
女1　たむたむ。
女2　たむたむ。

音は、次第に軽快になってくる。

女1　春は草摘み、たんぽぽ、よもぎ。
たんぽぽは、花が咲く前の、ごく柔らかい葉を、上の方だけ摘むのよ。よもぎも同じ。それから、葉についたごみや泥をひとつひとつ選り出して、きれいに掃除する。それが終わるころには、もう指先まで真っ黒。でも苦にはならなかった。葉っぱのみずみずしい香りを嗅いでいると、おいしさのためなら、と、不思議に我慢ができた。

少女　春は草摘み、たんぽぽ、よもぎ。

女1　摘んだその日に、まだ息をしているくらい新鮮なたんぽぽやよもぎを食べる……。私、私たち、私たちみんな、それが好きだった。

女2　でも、鳥が飛んで来た。群をなして飛来して、緑の豆の畠に降り立った。豆の花は散ったわ。はらはらと散った。気落ち、落胆、悔恨、無念、絶望……そんなふうな言葉が降って来たわ。何をしても、やさしさに帰結する。そうした日々は、新しく教え込まれた言葉に鍵をかけられた。きぶりご、りごぶき、ぶきりご。私、私たち、私たちみんな、変わったわ。

少女と女たち、ダフと男4の踏む足拍子は、次第に呪わしげなものになってくる。

女1　汗のほとばしり出る夏の中で、私たち泥鰌を取った。

女2　取らされた。

女1　そう、取らされた。泥鰌取りは夏の大事。だから気にならなかった。でも取らされるのは痛苦。なぜって、おいしさを知っているから。取った泥鰌が口に入らないとわかっていて取らされるのは吐き気。

女2　取らされた泥鰌をきれいに洗って、そこへ一つかみの塩を振りかけ、笊をかぶせる。すると暴れる、泥鰌が暴れる。
女3　最後の力を振り絞って、暴れる泥鰌、泥鰌が暴れる。
女1　泥鰌の色が変わってくる。腹の白いところが赤くなる。
女2　全部の泥鰌にパタパタッと赤みがさしたら、今度は泥鰌を洗う。それから鍋に水を入れ、泥鰌を入れて火にかける。するとまた泥鰌が暴れる。暴れる泥鰌。
女3　重い重い木の蓋が開くくらい、暴れる泥鰌、泥鰌が暴れる。
女2　その内、静かになって、そうすると、蝉の声が聞こえ出す。蜂の羽音なんかも聞こえてくる。夏の夕暮れ。殺された泥鰌は静かで、火と鍋の音がことこと、ことこと。
女1　煮上がったら、次は裏ごし。私が網を持って、あの人が漉す。二人三脚。
女3　私が網を押さえて、兄さんが漉す。二人三脚。
女2　私が網を押さえ持って、あの人が漉す。二人三脚。
女1　おいしい汁と肉のたまった鍋。
女3　ぽわんぽわんの汁。
女2　水、味噌、葉っぱの泥鰌汁。ふつふつと煮えたぎる頃、鳥たちはやってくる。羽をひろげ、鼻の孔をひろげ、口をひろげてやってくる。匂いを嗅ぎ、涎を垂らし、喰うことの歓喜に翼をふるわせ、飛んでくる。
女1　そうして、喰う。

女3　そうして、飲む。
女1　そうして、喰い尽くす。
女3　そうして、飲み干す。
女2　あたりは冬。
女1　触れれば砕けそうに冷えきった空気。地面は硬く凍りつき、寒気は足許から容赦なく這いのぼってくる。どの家からも、湯気は濛々と流れ、鳥たちは飯を喰う。鳥たちだけが飯を喰い、汁を飲み干す。
女3　私たちは見ている、きりぶご、見ている。
女2　万華鏡の中の色紙のように拡散し、きらめき、浮遊する飢え、言葉に飢え、飯に飢え、人に飢え……。
女3　りきごぶ……おなかがすいた。

太鼓の音が止み、女たちは、座り込む。
と、男たちがやってくる。

7　記憶の祭り

少女は、男たちを指し招く。

男たちは、黒い網をすっぽりと被り、酔ったような足取りでやってくると、縺れ合って座り込む。

少女は、やさしく男たちに触れる。

すると男たちは話しはじめる。

男3　女という女を、赤鬼と青鬼に分ける。赤鬼は、よく喰う女だ。陽気で働き者で、お喋りだけれども陰にこもらない。
男2　とすると、青鬼は、胃袋が小さく、食が細く、あれが嫌い、これが食べられないと言う女だな。
男1　赤鬼は陽気な代わり、癪にさわると、顔を真っ赤にして怒鳴り散らすぞ。腹にしまっておくということができないからな。
男3　怒鳴られる方は、そりゃあ大変な災難って奴だが、しかしまあ、雷が通りすぎれば、ケロケロのケロと忘れてしまう。
男2　そこへ行くと、青鬼の方は、気に食わないことが起こっても、表情には現さないし、口にも出さない。その代わり……。
男1　恨みが内にこもるから、長い時間をかけて、じっくりと仇をとられる。
男3　と、いうことだ。どうせ鬼と同居するのが男の定めなら、青鬼よりは赤鬼の方がまし、というのが俺の持論だ。
男2　それに、だ。赤鬼がよく喰う、ということは、喰うものがある、ってことだ。
男1　つまりは、御主人さまの力だ。
男3　その通り、その通りと俺たちは笑い、また一杯飲んだ。酒は清水のように喉を流れ、すると言葉が次々と生まれて来た。酒がさそう言葉だから、大抵は戯れ言だが、時には、本音もあったりした。

男2、男3を見て、
男2　お前は俺に説教をし、それは正しかった。

男1、男2を見て、
男1　お前は俺に説教をし、それは当たっていた。

男3、男1を見て、
男3　お前は俺に説教をし、俺は頷いた。

男2　俺たちは代わる代わる説教をし合い、なんとか出来事の道をやって来た。同じ時間を同じ町で過ごして似たり寄ったりの俺たち。
男1　それでも俺は俺で、お前はお前で、違いを違いとわかり合うために、俺たちは酒と言葉を持ち込んだ。
男3　時にはののしり合いもした。言葉はカッと熱く喉の奥から飛び出して来て、お前を刺した。
男2　俺を刺した。お前を刺した。
男1　俺を刺した。お前を刺した。
男3　俺を刺した。お前を刺した。
男2　でたらめ馬鹿の糞ったれ。
男1　間抜け。
男3　阿呆。
男2　この野郎。
男1　あんぽんたん。
男3　抜け作。
男2　気違い。
男1　ど助平。
男3　犬畜生。
男2　だが言葉の毒は一晩の内に抜けて、朝になると俺たちは、なんてこともなく、おはよう、なぞと言っていた。

男1　こんにちは、とも言い、こんばんは、とも言っていた。

女たちが口を開く。

女1　おはよう。

女2　こんにちは。

女3　こんばんは。

女1　おやすみなさい。

女2　いらっしゃい。

女3　ありがとう。

女1　さようなら、

女2　元気ですか。

女3　また、明日。

女たちは、網をはずし、男たちを自由にする。挨拶の言葉をくり返しながら。

男1は、女2と、男2は、女3と、男3は、女1と、対になって座る。

男2　いろんな言葉があった。秋祭り。いい天気だった。ほんとの秋晴れで雲一つなく、田圃は黄色く熟してにこにこと笑っていた。

男1　川の流れも田へ水を注ぐ役目を終わって、悠々としていた。野原では、笛太鼓の音が湧き上がり、長い甍の連なりの下では、誰もが仕事を休んで、よそ行きの着物に改め、朝から飽食し、大酔して、有頂天だった。

男3　腹ごなしに、酔いざましに、俺たちは唄い踊った。するとまた、腹が減り、喉が渇き、俺たちは、食べ、飲んだ。そうして、話した。引っきりなしに話した。

男1　それから言葉を寝床に持ち込んだ。

　　男2、女3に、

男2　お前は、浮かれ遊びで、遅くまで帰って来なかった。俺は、言葉で怒鳴りつけた。

女3　兄さんの馬鹿。

男2　そんな言葉もあった。

　　ふっと沈黙が訪れる。
　　立ち上がり、ダフの塒に向かう男4。

ダフ　きぶりごを受け入れずに閉じ込められた俺。受け入れて町に住むあいつら。どっちも選べず、唖になったお前。俺は知っているんだ。お前が時々、俺の塒の外に来て、扉を開けようとしたことを。だが、お前の沈黙の力じゃ、この扉は開かない。俺の言葉の力じゃ開かない。

だが近づいて行く男4。
その時、不吉な羽音がする。
顔を見合わせる町の人々。
羽音は段々に大きくなって、夜を覆い尽くす。
闇が訪れる。

7―A

近づき、遠ざかり、また、近づいて、大きな翼と、尖った嘴とで人々を攻撃する鳥たちの影。
町の人々は、逃げまどい、時に、嘴で体を啄まれ、時に、翼で体を打たれ、許しを乞う。

男1　許してくれ。
女2　許して。
男2　もう使わない。言葉は使わない。
女3　使わない。
男3　俺たちは、きぶりご、と言う。
女1　ぶきりごと言う。

人々は、走っては止まり、体を歪ませ、その行為をくり返す。

男2　従順
女3　尊敬
男1　素直
女2　恭順

男3　親孝行
女1　礼智
男2　敬愛
女3　崇拝
男1　心服
女2　忠義
男3　畏敬
女1　服従

人々は、口々に叫ぶ。

男1　清潔第一
女2　不潔は殺せ
男3　朝、起きて
女1　顔を洗って歯を磨く。
男2　清潔第一
女3　不潔は殺せ

人々の動きは、呪わしげなものに変わってゆく。

頻りと鞭の音がする。

男1　りぶごき。私たちは清潔です。
男2　りぶごき。私たちは清潔です。
男3　りぶごき。私たちは清潔です。
女2　りぶごき。私たちは清潔です。
女3　りぶごき。私たちは清潔です。
女1　りぶごき。私たちは清潔です。

人々は、その言葉をくりかえす。

人々を哀しみ、自分の無力を哀しんで舞踏する、ダフと男4。少女は、できごとを見ている。

闇が訪れる。

8 出て行く

ダフと少女は、白い布を纏い、抱き合っている。その布の下に透けて見える裸身。白は、聖を意味する。

少女 沢山の道を歩いて来た。
ダフ 俺は、まだ道を知らない。
少女 家を暖めるために使った炭が灰になり、その灰が雨に崩されて周囲の土になかば融けかかった道。
ダフ それは、この町の道だ。家の中では、鳥たちが、ぬくぬくと肥え太っている。
少女 〝清潔第一〟のビラが、煉瓦の筋目ごとに破れ、風化したまま残っている道。
ダフ それは、この町の道だ。鳥たちは、言葉を封じ込め、文字で洗脳しようとしている。
少女 両側に、平屋建ての集落が土埃にまみれて、何の緊張もなく広がっている道。
ダフ それは、この町の道だ。住人たちは、きぶ、ごぶ、と、贋の安寧を肯っている。
少女 飽きることなく蛇行と分岐を重ね、はるかかなたで建設中の物見の塔が、溢れだした白蟻の巣を塞き止めるように町を遮断している道。
ダフ それは、この町の道だ。鳥たちは、高見から、住人たちを見張っている。
少女 私が見て来たのは、よその町の、よその道。
ダフ それでもいい。俺は知らない道を歩きたい。

少女　みんなを置き去りにして？
ダフ　置き去りにされたのは、俺だ。
少女　違う。
ダフ　えっ？
少女　みんなは、あなたを祭ったのよ。言葉神。鍵のように、海の底に沈めることもできたのに、みんなは、それをしなかった。
ダフ　失くしたものの、代理……。
少女　ええ。
ダフ　そんな存在は嫌だ。
少女　出て行きたい？
ダフ　出て行きたい。空の鳥籠に青い鳥を閉じ込めたい。
少女　鳥よ、鳥よ、青い鳥
緑の豆の畑に、降りないで
豆の花が散れば
食べ物売りが泣いてゆく
ダフ　一緒に行きたい。
少女　自分の力、よ。私は、ここに入ることが出来る。出ることが出来る。入りたい、と、思うからよ。出たいと思うからよ。でも、あなたを出してあげることは、出来ない。

ダフ　君の身の丈は、不安ではっきりしない。たちまち、普通の人間の丈に縮んだかと思うと、また
たちまち、頭の先が空に届くように見える。君が、もっと頭を高く上げれば、空を突き破って、
俺の視界から、消えてしまうかもしれない。
少女　言葉は伸び縮みする。……出て行きたい？
ダフ　出て行きたい。
少女　行きましょう。

少女は、鳥籠を持って出て行く。
そして階の途中でダフを待つ。
ダフは、扉に立ち向かう。

ダフ　出る。出て行く。出て行く。出る。

言葉を繰り返す、ダフ。
少女は待っている。
ダフは出る。
それから二人は町を出て行く。

9　道

女3を背負った男2が現れる。
女3の顔は、半分、黒色となっている。
女3を背から降ろし、座らせる男2。

男2　鳥たちの嘴が妹を啄ばんだ。
女3　ぶきりご？　きぶごり？　りごぶき？

女3は狂気に冒されている。

男2　俺は正座して出来事を見ていた。何も出来なかった。見ながら、見ながら、俺は子供時代を思い出していた。親父が、不意と家を出て行こうとすると、おふくろは髪に砂をまぶし、激しく地面を叩いて慟哭した。そんな時、俺はいつも妹をおぶって汽車を見に行った。汽車は、俺の家とは反対側の道の畑の中を走っていた。風だ。おふくろと親父が喧嘩をする時は、風。風が吹いた。
女3　ぶきりご？　きぶごり？　りごぶき？
男2　昔、昔、昔。この町には、道がなかった。外に続く、外から入る道はなかった。だが鳥たちは、道を作りながらやって来た。そうして道の上に汽車を走らせた。汽車。風。風が吹く。汽車に乗りたい。

女3　きりりき。ごぶごぶ。ごぶ？

　　　笑顔で訊く。
　　　男2、泣き笑いで、

男2　ぶご、ぶご。

　　　女3の髪を撫でる。
　　　笑う、女3。

男2　汽車に乗ることは出来ない。だから俺は、町の中の道を歩いた。犬が蝶々を追いかけている道を歩いた。妹をおぶって、歩いた。丘の上にものぼって汽車を見降ろした。すると鳥たちに見つかって、追い払われた。

女3　きりりき。ごぶごぶ。ごぶ？

男2　ぶご。ぶご。歩いて歩き、歩き歩いて、俺はいつも、家に帰って来てしまった。外に出る道には、鳥たちが鈴鳴りになっていたから。

男2、沈黙する。
と、不意に、女3が、

女3 ゆめまち、あすまち、とりごろし。

呟く。

男2 言葉だ……。
女3 まちゆめ、まちあす、とりごろし。
男2 言葉を作った。
女3 まつまち、まちまつ、あしたまつ。

抱擁する男2と女3。

男2 ゆめまち、あすまち、とりごろし。まちゆめ、まちあす、とりごろし。まつまち、まちまつ、あしたまつ。

女3、くりかえす。作った言葉で、二人だけの会話を交わす、男2と女3。

男1と女2がやってくる。
女2は、孕んでいる。

男1 まあ、いいさ。
女2 そうね、いい、と思うことの中で、居続けるのね。
男1 俺たちは、いる。町に。町の中に。
女2 子供が、いる。腹の中に。腹に。
男1 一夜が実になって、いる。
女2 居続ける。
男1 鳥たちが寝静まった夜更け、俺たちは私語する。
女2 聞かせて。私たちに聞かせて。

男1は、李陸史《イ・ユクサ》の詩「青葡萄」を呟く。

男1 わがふるさとの七月は
たわわの房の青葡萄
女2 わがふるさとの七月は

男1　たわわの房の青葡萄
ふるさとの古き傳説《つたえ》は垂れ鎮《しつ》み
圓《つぶ》ら實《み》に　ゆめみ映《うつ》らふ遠き空

女2　ふるさとの古き傳説は垂れ鎮み
圓ら實に　ゆめみ映らふ遠き空

男1　海原のひらける胸に
白き帆のよどむころ

女2　海原のひらける胸に
白き帆のよどむころ

男1　船旅にやつれたまひて
青袍《あおころも》まとへるひとの訪るるなり

女2　船旅にやつれたまひて
青袍まとへるひとの訪るるなり

男1　かのひとと葡萄を摘まば
しとど手も濡るるらむ

女2　かのひとと葡萄を摘まば
しとど手も濡るるらむ

男1　小童よ　われらが卓に銀の皿

女2　いや白き　苧《あさ》の手ふきや備えてむ
　　小童よ　われらが卓に銀の皿
　　いや白き　苧の手ふきや備えてむ
男1　葡萄の味は螺旋だ。
女2　つるつると螺旋に喉をすべり落ちて行くわね。
男1　ああ。
女2　ええ。

男1は女2の腹に触れる。

女2は笑んでいる。

男1と女2が話している間に、赤ちゃん人形を抱きしめた男4が現れると、ダフが出て行った時に続く階をのぼり、自ら閉じこもる。

男3と女1が体中の骨の在処《ありか》を確かめる歩行で現れる。

男3　前頭骨が痛むと後が前になる。出て行く。
女1　後頭骨が痛むと前が後になる。出る。
男3　頭頂骨が痛むと体に動作を命じられなくなる。出て行く。
女1　側頭骨が痛むと健忘症になる。出る。

男3　鼻骨が痛むと匂いを嗅ぎわけることが出来なくなる。出て行く。
女1　頬骨が痛むと顔が腫れる。出る。
男3　上顎骨が痛むと顎がはずれて。出て行く。
女1　下顎骨が痛むと喋れなくなる。出る。
男3　肋骨が痛むと安静第一。出て行く。
女1　胸骨が痛むとバラバラ。出る。
男3　上腕骨が痛むと雨が降る。出て行く。
女1　尺骨が痛むと脈が行方不明になる。出る。
男3　橈骨が痛むと気が狂う。出て行く。
女1　腸骨が痛むと内蔵の迷路を迷う。出る。
男3　坐骨が痛むと神経痛をおこす。出て行く。
女1　恥骨が痛むと不妊症。出る。
男3　椎骨が痛むとくらげ男。出て行く。
女1　尾骨が痛むと猿になる。出る。
男3　大腿骨が痛むと足が萎える。出て行く。
女1　腓骨が痛むと悪い夢を見る。出る。
男3　脛骨が痛むとお化けが出る。出て行く。
女1　膝蓋骨が痛むと脚気になる。出る。

男3　趾骨。人体中、折れてもいっこうに差支えないのはこの骨だけだ。出て行く。
女1　出る。
男3　出て行く。
女1　骨を折られる町を出る。
男3　骨の折れる町を出て行く。

男3と女1は出て行く。
その二人に手を振る男1と女2、男2と女3、そして、男4。
やがて町は夜の帷の中に沈んで行く。

リア

■登場人物

老人
長女
次女
琵琶法師
若い道化
老婆の道化
忠義者
家来
母（実は老人）
母（花）
虚栄（長女の影法師）
不測（長女の影法師）
野望（長女の影法師）
家来の影法師たち
音の精霊たち
地の母たち

プロローグ

激しい嵐が熄んだ後の静寂。

空間は闇に閉ざされている。

やがて一筋の光が射し込んで来ると、半ば朽ちかけた避幕の庇の下で、不幸せに死んだ人々に対する鎮魂歌を弾き語りしている一人の琵琶法師の姿を浮かび上がらせる。

鎮魂歌

春に花　夏に夕立ち
秋は枯れ葉の　冬に凪
帰命頂礼　解れども
鬼神の力に　逆らえず

生きるも地獄　死も地獄
生きる地獄を　選ぶより
死んで願いを　適えし者よ
家で死ねずに　野に死んで

地獄の苦役の　終わる日あれば
再び地上に　甦り
人のさだめを　生きなされ

やがてその日が　来るまでの
南無　阿弥陀仏　阿弥陀仏・
南無　阿弥陀仏　阿弥陀仏

琵琶法師が弾き語る間に、ぽつりぽつりと明かりが灯り、点在する〈音の精霊〉たちの姿が浮き出てくる。

1

やがて琵琶法師の鎮魂歌が終わると、一人の〈音の精霊〉が吹く笛の音とともに、避幕の戸が鈍く軋みながら開き、一人の老人（亡霊）が蹌踉とした足取りで現れて来る。驚愕し、老人を凝視する琵琶法師。

琵琶法師　誰だ？

老人は、しばらく無言でいるが、

老人　……私は誰だ？……。

自問し、ぽつぽつと、

老人　私は死の眠りを眠っていた。思い出すことの出来ない悪夢に襲われながら眠っていた。私は確かに死んでいる。だが同時に悪夢の中で生きている。法師殿の弾く琵琶の音に甦った私。法師殿、どうか私の悪夢の根を絶ち、私を成仏させて欲しい。

琵琶法師に訴え、間を置いて再び自問する。

老人　……私は誰だったのか?……。

老人の問いかけに答えるようにして、一人の娘(亡霊)が現れ、

娘　お父様……。あなたは私の父です。

と、告げる。

老人　父とは何だ?

娘　私を作ってくれた存在。私はあなたの愛の滴りから作られた、はじめての娘。私の中には三人の私がいます。さあ、出ておいで。

その呼びかけに現れて来る長女の影法師たち。一人は野望、一人は不測、一人は虚栄。
三人の影法師たちは、それぞれ違った言語で、老人を父と呼ぶ。

長女　一人の私は従順。

影法師（野望）が、お辞儀をする。

長女　一人の私は清純。

影法師（不測）が、お辞儀をする。

長女　一人の私は無垢。

影法師（虚栄）が、お辞儀をする。

長女　四人の私はいつでも私の心と体をお父様にお返しします。

と、現れてくる、もう一人の娘。娘は無言で、唯、笑み、父を瞶める。

長女　この子は、あなたの二番目の娘。あなたの愛の残り滓。この子は、いつも無言。心の中で何を企んでいるのか、誰にもわかりはしません。

次女は微笑したまま立っている。

頻りに何かを思い出そうとするように次女を凝視する老人。老人と次女の視線の糸を断ち切ろうとするように長女は言う。

長女　お父様……王であったお父様。あなたは玉座から降りたいと仰言る。わかりましたお父様。私はお父様の代理となります。

老人　私は王だったのか？

長女　はい。

老人　……王とはなんだ？

長女　力です。

答える。

と、二人の道化が、それぞれ違った方向から現れる。

一人は老婆の道化、一人は若い道化である。

老婆の道化は、老人と二人の娘を見て驚き。

老婆の道化　ひゃあ、びっくり。びっくり提灯、火がついた。……お城の方々じゃないかね。皆、死んだと聞かされていたが、生きていなすったんだね。そんなら昔のように道化踊りをひとくさり。

と騒ぎ始め、若い道化は奇妙な道化節で囃し立てる。

道化節1

王とは生贄たちの上に立つ者
よっこらしょ　どっこいしょ
生贄たちの呻き
うんこらせ　よっこらせ
もひとつおまけに　よいとまけ
搾れるものは　搾り取り
へいこら　よいこら　なんじゃこら
残りの滓で飼い殺し
餓じ　餓じと泣く赤児
乳が出ないと泣く母御
おねげえしますに耳貸さず
とれとれ　とれとれ　搾り取れ
それを命じる　王だった
従わせるのが　王だった
あんたは王様
王様だった

2

若い道化の道化節が続く間に、天井からは不在の玉座が舞台中央に降りてくる。

忠義者が現れ、老人に旅支度をさせる。〈音の精霊〉は老人の傍らにいる。

避幕は解体され、琵琶法師は姿を消す。

長女の影法師たちは、従順、清純、無垢と名指された名を裏切るように、歪んだ動きをしている。

次女は立ち尽くしている。

老婆の道化は踊っている。

長女は、さまざまな出来事を支配する眼で見守っている。

道化節が終わると、長女は老人に言う。

長女　父であり、王であるあなた。私はあなたにすべてを捧げます。そして何より、あなたに〈自由の愉しみ〉を贈ります。あなたは、あなたの忠義者と二人の道化を連れて、日夜を分たず、旅の愉しみに耽るだけでいいのです。

旅支度を終え、破顔する老人。

老人は次女に訊く

老人　上の娘は私に約束の言葉をくれた。さて、お前は、どんな言葉をくれる。

だが、次女は何も答えず、微笑を贈るばかりだ。
怒り出す老人

老人　言葉はどうした、言葉は？　お前が私の娘なら、私はお前に言葉を教えた筈だ。言葉によって、人は理解し合い、また、契約する。お前の沈黙は、闇。私に対し、何の約束もしない、ということだな。わかった。では私はお前から、娘という言葉を剥ぎ取ろう。出て行くがいい。追放だ。誰よりも可愛がっていた、娘。お前はもう、私の娘ではない。

そう宣告されても次女は無言のままだ。寂しく立っている。
老人の言葉が続く間に出て来る、長女の家来と家来の影法師三人。
家来は長女に、家来の影法師たちは長女の影法師たちに、ぴたりと寄り添う。

長女　愉しい旅をなさって下さい。お父様。
老人　ああ、ありがとう。
長女　そして、いつでも帰って下さい。あなたの玉座は、空けて置きます。私は、唯、あなたの代理。決して玉座には座りません。

頷く老人。老人は忠義者、二人の道化を連れて笑顔で旅に出かけて行く。〈音の精霊〉も老人に添って行く。

それを見送る長女、家来。それぞれの影法師たち。大袈裟な歓送の行為をする。

次女は、そっと手を振る。

老人一行の姿が見えなくなると、いきなり哄笑する長女。長女は何の逡巡もなく玉座に座る。傍らに立つ家来。

長女は嘲る眼で次女を見、言う。

長女　約束の言葉は、いつだって煙のように消えてゆくものよ。それがわからないなんて、何と愚かな老人！　そして沈黙こそが美徳だと信じている愚かな、あなた！　言葉は武器よ。生き残るための、唯一の手段よ。私は勝った。言葉で勝った。

そして長女は家来を抱き寄せる。

長女　私には味方がいる。家来がいる。あなたには誰もいない。一人ぼっちの家なき児。あなたは、どうやって生きて行くの？　さあ、さっさと、出てお行き。

出てゆく次女。
長女の言葉が続く間、影法師たちは、艶しく絡み合っている。

3

長女から老後を保証されたと信じ込んでいる老人が、あちこちに視線を投げながら、忠義者、二人の道化を従えて現れ、〈音の精霊〉もまた姿を見せると、楽し気に笛を吹く。
不意に、若い道化が、

若い道化　あんたは誰だい？

と、揶揄うように訊く。
驚く老人。咄嗟には答えられない。

若い道化　玉座を空っぽにした、あんた。今のあんたは誰なんだい？

再度、訊かれ、笑う老人。

老人　そうさな。今の儂は、まずまず幸福な老人、というところだな。
若い道化　何故？
老人　まず、帰る家がある。

若い道化　それから？
老人　従順、清純、無垢と三拍子揃った娘がいる。充分、満足、悠悠自適。それが儂だ。

老人は、忠義者に、

老人　お前は誰だ？

と笑いかけ、訊く。

忠義者　私はいつでもあなたです。あなたが怒る時、私は怒り、あなたが喜ぶ時、私もまた喜びます。そう、私はあなたです。

笑顔で答え、老婆の道化に、

忠義者　お前さんは、誰だい？

訊く。

老婆の道化　一体、誰が、自分が誰かを答えることが出来るというんだい？　私は、誰でもないよ、まだ。

忠義者　まだ？

老婆の道化　多分これから自分になって行くんだろうさ。

答え、若い道化に、

老婆の道化　お前は誰だい？

訊く。

すると、若い道化は、それぞれに真情を吐露した老人たち三人を相手に、道化節で答える。

道化節2

俺は　豚肉　牛の肉
鳥肉　犬肉　猫の肉
猿　雉　河馬　鹿　鰐の肉
熊　亀　鼈　馬の肉

そしておいらは　人の肉
生肉　挽肉　死んだ肉

道化節が終わると、老人、忠義者、二人の道化は、「お前は誰だい？」と浮かれた調子で訊き合い、大声で笑いながら去ってゆく。

〈音の精霊〉もまた、楽しい笛の音の余韻を残して出てゆく。

この場面の間、玉座に座って戯れている長女と家来、その足許でふざけ合っている、それぞれの影法師たちの姿が朧げに見えている。

4

一人ぼっちの次女が現れると、無言のまま、死んだ母に救いを求める踊りを踊る。
その舞踏は、次のような意味を持っている。

私が幼な児だった頃
母が私に訊いた
〝大人になったら、何になるの？〟
私は答えた
〝人になるの〟

すると母は教えてくれた

春が血の中を小川のように流れ
とく　とく　とく
小川の近くの丘には
連翹　躑躅　桜　桃
永い冬に耐えた私は

花のように甦える
愉し気な雲雀は
どの畑の　どの畝からも舞い上がり歌う
青い空は暖かく高い

母は私に教えてくれた
春は来る　と
必ず来る　と

春の母さん
私の母さん

今の私は　家なし児
救って下さい
救って下さい

一人ぼっちは寂しすぎます

すると次女の舞踏に答えるようにして、母とそして地の母たちが現れて来る。

母は、老人を演じる俳優と同じ俳優によって演じられ、また、二人の娘がまだ子供の頃に死んだ存在であり、従って、若いまま登場する。

次女、地の母たちとともに、老人との出会いの歌を歌う母。

母の歌

廻り　廻りし　糸車

枠桛輪を賎の女の
営む業にてさん候

真麻苧の糸を繰り返し
真麻苧の糸を繰り返し

賎が積麻の夜までも
世渡る業こそもの憂けれ

けれど出会いし　その人は

運命の糸の糸車

糸桜　色も盛りに咲く頃は
繰る　繰る　繰る　繰る　糸を繰る
来る　来る　来る　来る　人が来る

糸の三日月　待ちぬらん
満月までを　待ちぬらん
その人　来るを　待ちぬらん

まわり　まわりし　いとぐるま

わくかせわをしずのめの
いとなむわざにてさんぞうろう

まさをのいとをくりかえし
まさをのいとをくりかえし

しずがうみそのよるまでも
よわたるわざこそものうけれ
けれどであいし　そのひとは
さだめのいとのいとぐるま

いとざくら　いろもさかりにさくころは
くる　くる　くる　くる　いとをくる
くる　くる　くる　くる　ひとがくる

いとのみかづき　まちぬらん
まんげつまでを　まちぬらん
そのひとくるを　まちぬらん

（わくかせわ→糸を繰る車
しずのめの→、貧しい女と「する」という意味の動詞の掛け言葉
まそを→美しい麻
うみそ→麻を細く引き裂いて撚り合わせた糸

よるまでも→夜と撚るとの掛け言葉
よわたる→世と夜の掛け言葉
いとざくら→しだれ桜）

糸車がまわり　私たちは出会った
糸を紡ぐことが仕事の　貧しい私
美しい糸を紡ぎ
美しい糸を紡ぎ
夜になっても糸を紡ぎ
働かなければならない
けれど、　私は出会った
運命の車が廻って出会った
糸のように咲く桜が満開の頃

私は糸を紡ぎ
あの人を待ち　あの人は来た

そして私は糸のように細い
三日月を待つようになった
三日月が満月になるまで
待つようになった

あの人が来るのを待つようになった

玉座に座り、次女、母、地の母たちの出来事を見ていた長女は、

長女　消えて！

と、叫ぶ。

長女　糸を紡ぐのが仕事の貧しい女だった、あんた。死ぬまで日陰者だった、あんた。王妃にはなれなかった、あんた。私の中に流れているのは父の血だけ、王の血だけ。あんたの血なぞ、唯の一

滴、流れてはいない。

母、次女、地の母たちは、長女と家来の影法師たちによって、家畜のように追い払われる。

5

母、次女、地の母たちが追い払われると、長女は、

長女　私は力が好き。

言って家来と家来の影法師たちを呼び集める。

長女　さあ、来て。私の味方たち。私の前で力競べを見せて頂戴。

集合する家来と家来の影法師たち。
長女の影法師たちは、玉座に近付く。

長女　始めて！

命じる。
競技が開始される。
それを盛り立てる太鼓が鳴る。

三人の影法師たちを相手に勝ち続けて行く家来。

長女の影法師たちは、力競べに呼応するように動いている。

競技の途中から現れて来る老人、忠義者、二人の道化。そして〈音の精霊〉。

老人は、玉座に座っている長女を見て、一瞬驚くが、まだ娘の裏切りには気付かず、立ったまま、競技を見物する。

忠義者は、背負っていた箱から、折り畳んだ椅子を取り出し、見物席を作り、老人にすすめるが、老人は、大丈夫だ、と、座るのを断り、玉座を指す。

頷く忠義者。

老婆の道化は面白そうに競技を見ているが、若い道化は、巫山戯半分に、競技の真似事をしている。

やがて勝利する家来。

老人は、玉座に近付き、家来を招き寄せる。やって来る家来。

老人は懐中から、小刀を取り出し、

老人　勝者には王より褒賞を与えるのが習いだ。受け取るがいい。

言って与えようとするが家来は受け取ろうとはせず、長女を見る。

思わず長女を見る老人。

長女は、冷たい眼で老人を見る。

老人の顔色が変わってゆく。

長女　あなたは既に玉座を降りた人。王の名を捨てた人。それから、娘に見捨てられた老人。
老人　見捨てた……、と言ったのか？

信じられずに訊く。

長女　はい。
老人　……しかし、お前は……。
長女　私は？
老人　帰って来てください、と、言った筈だ。玉座は空けて置く、と約束した筈だ。
長女　年が変れば、すべては昔。

笑う。

言葉を失う老人

長女　今日の今、玉座に座るのは私、褒賞を与えるのは私。

家来を呼ぶ。

長女　私は褒賞に武器など与えたりはしません。私の褒賞は、これ。

家来に口づけをする。
震えながら、その出来事を見ている老人。
長女の影法師たちもまた、家来の影法師たちに口づけをする。
眼を逸らせる忠義者。
呆気にとられて眼を離す老婆の道化。
若い道化だけが、出来事を嘲るように口づけを真似ている。

長女　あなたは私の家来。そして私の男。

頷く家来。
それから長女は老人に訊く。

長女　帰って来たのですか？　では、あなたの部屋を用意させましょう。馬小屋がいいですか？　それとも牢獄がいいですか？

老人は身動き出来ずにいる。

〈音の精霊〉が寂しい曲を奏しはじめる。

老人を背負う忠義者。歩き出す。

付いてゆく老婆の道化。

若い道化は、長女に手を振り、嘲笑しながら付いてゆく。

〈音の精霊〉に先導されて去ってゆく老人の一行。

長女、家来、長女の影法師たち、家来の影法師たちは、勝ち誇った表情でそれを見ている。

6

老人の一行は、荒野で、寂しさを紛わす宴を開いている。
老婆の道化は老人の盃に酒を注ぎながら、慰めるように言う。

老婆の道化　人が生きられるとて　何百年　生きられようか
しみったれた世の中ながら　ほいほいと生きてみよう
世間峠は　険しいものさ　曲がりくねって涙を誘うが……

だが老人は茫然としている。

忠義者　去ってしまったのか　情を交わした人は
雁とともに永遠に去ってしまったのか
空を飛びゆく　雁に問わん
私の道は　いずこにあろうか

忠義者の言葉は老人の胸中に去来するものを代弁するように沈んでいる。
と、〈音の精霊〉が、寂しさを吹き払うように奏しはじめる。

それにつられて歌う老婆の道化。

老婆の道化の歌

戯れて行かれよ
戯れて行かれよ
月が浮かんで沈むまで　戯れて行かれよ

忠義者も笑顔となり、歌う。

忠義者の歌

寒いか　暑いか
私の腕に入るがいい
枕は高いか　低いか
私の胸を枕にするといい

それから二人は合唱する。

老婆の道化と忠義者の歌

西の山に沈む夕陽は
沈みたくて　沈むのか
私を残して　去る君は
去りたくて　去るのか

老婆の道化は皆を励ますように言う。

老婆の道化　果てしなき　大海原に
ぽっかりと　浮かんだ船
えんやら　やあ
えんやら　やあ
えんやら　こらと　櫓を漕がん

忠義者と老婆の道化が言葉や歌で老人を慰めている間、若い道化は、さも退屈したように、また、老人の視線を惹き寄せるように、若さを誇示する行為をしている。

そして老人の眼は、いつしか、若い道化を見るようになっている。

やがて、忠義者と老婆の道化が沈黙し、〈音の精霊〉が笛を吹きやめると、若い道化の道化節がはじまる。

道化節

この世は　狂気　狂気　狂気
引っくり返らないことなぞ
何もない
〈制度　観念　家父長制〉
俺はすべてを引っくり返す
逆立ちすれば　天は地　地は天
俺が親から貰ったものは
引っくり返しの　その力
そうして俺は誰の子だ
〈当然至極　泰然自若〉
俺は誰の　子でもない

とんぼがえりをして見せる若い道化。

老婆の道化　誰でも人は、誰かの子……さ。

呟く。

すると若い道化は老婆の道化を揶揄し、

若い道化　そうしてやがて子は親になり、子の親は老いて、子に頼らざるを得なくなる、って訳かい？　えっ？　一人ぼっちの婆さん。

訊く。

頷く老婆の道化。沁々と、

老婆の道化　子に裏切られた親程、哀れな者は、いない……さ。

肩をすくめる若い道化。老人を唆すように、

若い道化　娘に裏切られたと嘆くんなら、今度は、あんたが裏切り返せばいい。玉座を奪われたと憤るなら、取り返せばいい。この世は、狂気、狂気、狂気。引っくり返らないことなど、何もないんだぜ、えっ？　爺さん

老人の表情に浮かんでくる生気。

老人　……裏切り返す……取り戻す……。

自分に言い聞かせるように呟く老人。
老婆の道化が、ぽつりと、

老婆の道化　無理だよ。

しばらくは沈黙しているが、不意に老人が声を荒立てる。
言う。

老人　出て行け。

驚愕する老婆の道化。

老婆の道化　何だって？

老人　私には輩がいる。隣の国。そのまた隣の国……。彼等は皆、王だ。王が持つもの、それは力だ。
彼等は喜んで私に力を貸してくれる筈だ。

老婆の道化　わかるもんかね。

老人　気力を挫こうとする、お前。老婆。出て行くがいい。

何か言いかけようと口を開き、だが、何も言わずに背を向け、とぼとぼと去って行く。

その後姿に向かって、陽気に、

若い道化　あばよ、婆さん。今度、会う時にゃ、地獄で会おう。

告げる。

沈黙したまま、忠義者は、寂し気に老婆を見送る。

〈音の精霊〉もまた、黙したままだ。

不意に立ち上がる老人。

老人　行くぞ。

若い道化　合点。

老人、忠義者、若い道化は老婆の道化が去ったのとは反対側の方向に去ってゆく。

ついて行く〈音の精霊〉。

この場面の間、中央の玉座に座した長女が家来、長女の影法師たち、家来の影法師たちとともに、乱れた酒宴を催している光景が仄見えている。

7

次女と、地の母たちが糸車を手に現れると、糸を紡ぎはじめる。
静かに奏される音楽。
そこへやって来る老婆の道化。次女と、地の母たちは笑顔を見せ、やさしく老婆の道化を迎える。

老婆の道化　仲間入りさせて貰っていいかね？

頷く、次女と、地の母たち。

老婆の道化　ありがとさんよ。一人旅は時々寂しくってねぇ。……よっこらしょ、っと。

座って糸紡ぎを眺める。
地の母たちの一人（花）は、糸紡ぎを続けながら言う。

花　夫の父母は　やさしくても他人　つかえなければならない人たち

地の母たちは合唱で答える。

地の母たちの合唱

昼の間は遊べないから
月の真下で遊ぼうよ

花は言葉を続ける。

花

星を摑まえ　模様に入れて　きりきりばったん　織りましょう
釜に火をつけ　御飯を炊いて　空にも　星にも　捧げましょう
友も喜び　広場に集い　みんな嬉しく　遊ぶでしょう

地の母たちは歌う。

地の母たちの合唱

松林には　松がいっぱい
竹林には　竹がいっぱい

気持ち良くなって、ふっと口を挟む老婆の道化。母が姿を見せる。

老婆の道化　月が降りる時、老いた松は語るでしょう
　　　　　　　昔昔の女たちの話を　昔昔の昔話を

　　母、次女、地の母たちは、暖かく老婆の道化を見守っている。
　この場面の間、玉座の酒宴は終わり、長女と家来は密談をしはじめる。
　寄り添い合って聞いている、長女の影法師と家来の影法師たち。
　語り終わった老婆の道化は立ち上がる。

母　どこへ行らっしゃるのですか。
老婆の道化　あんたは、母。あんたたちは母たち。だけど私は、生まれては来たものの、母にはなれなかった、いや、なろうとしなかった女。老婆。いつまでも仲間入りをしているのは性に合わない、さ。茶飲み友達でも探しに行くさ。いや、酒飲み友達か。
母　強いてとめはしません。でも寂しくなったら遊びに来てください。
老婆の道化　ああ、そうするよ。私にも母があった。そのことを思い出せる場所があるのは、悪くない……。お礼を言うよ。ありがとさん。

　老婆の道化は、笑顔で、母、次女、地の母たちから遠ざかって行く。

8

照明が変わって行く間に去って行く、母、次女、地の母たち。

玉座で抱き合っている長女と家来。

玉座の下で抱き合っている、長女の影法師と家来の影法師たちの姿が浮かび上がる。

長女と家来は囁き合う。

長女　昼の時間から夜の部屋に戻り、私は明かりを消す。明かりをつけたままでいるのは、疲れること。

家来　どんな季節でもない朝に、蕾は開いた。愛は獣とともに、花は毒を持って生まれた。

長女　父は昼の光に姿を現す。生きている父。すると、陽光の許、私は落ち着くことが出来なくなる。

家来　死は絶対。生者が死者に脅かされるなど、臆病者に起きること。あなたは強い女。

長女　私は楽しみたい。若い内、若い内、若い内に。

家来　……殺す、のです。父を……。そうすれば……、

長女　そうすれば？

家来　あなたは、

長女　私は、

家来　真の王となる。

長女　力を、自由を、得ることが出来るようになる。

家来　昼の鏡に互いの裸身を映し、愛し合うことができる、若い内に、殺すのです。
長女　父を……。
家来　殺すのです。
長女　父を……。
家来　殺すのです。
長女　父を。父を、殺す。父を、父を……。

闇の出来事の中で、長女は、父殺しを決意する。

長女　明かりを消して。眠りましょう。

長女と家来の姿は影絵となる。

長女　暗闇の中で私は私になる。暗闇の中で、お前の息遣いを感じ、私はふと思う。今は規則正しい、お前の呼吸が、いつ裏切りの寝息に変わるか、と。暗闇の中の逡巡いと途惑い。そんな時、私は急いでお前を抱く。
家来　暗闇の中で、私はあなたの寝息を確かめます。私はあなたの眠りを守る下僕。お休みなさい、私の王。私の、女。

9

老人と忠義者と若い道化は荒野を彷徨している。
その姿は孤独と寂寥に満ちている。

忠義者　そうでなければ息子たちに王位を譲り、成すべきもない日々を送っておられる。
老人　輩は死に、
忠義者　時代が変わったのです。
老人　輩にも裏切られた。

老人と忠義者は言う。

老人　忘却の河のほとりで、
忠義者　忘却の河のほとりで、
老人　私は歌いたい。
忠義者　私は歌いたい。
老人　栄華の日々を。
忠義者　栄華の日々を。

すると〈音の精霊〉が歌いはじめる。

〈音の精霊〉の歌

月明かりのもと
私の姿は暗い

だが私は歩きまわらずにいられない

いつも孤独で
無限に酔い
永遠に追放され
歩きまわる　私
失われた王

月は照らす
無人の荒野を
すべてが眠っている

私は歩く
一人歩く

両足が痛む

過去を噛みしめ
急激に老い

私は
夜の
中に
沈む

老人と忠義者はくり返す。

老人　私は
忠義者　私は

老人　夜の
忠義者　夜の
老人　中に
忠義者　中に
老人　沈む
忠義者　沈む

二人が口を噤むと現れてくる幻の次女。

老人には彼女が生まれたばかりの赤児のように思われ、抱きしめる。

嬉し気に、その光景を見、座る忠義者。

老人と次女は、〈音の精霊〉の奏する調べに乗って、ゆっくりとワルツを踊る、踊る、踊る。

幻想の場面。

やがて幻の次女は消えてゆく。


この場面の間、凝っと出来事を見ている玉座に座る長女、長女に寄り添う家来、そして玉座の足許に座る、長女の影法師たちと家来の影法師たちの姿が朧気に見えている。

若い道化は終始無言で、出来事を見ている。その様子は、自らの老いについて考えているようにも見えるし、すべてに見捨てられた老いについて考えているようにも見える。

10

〈音の精霊〉の唄が終わると、いきなり鬨の声が上がり、長女の影法師と家来の影法師たちが、手に手に武器を持って、沈黙している老人一行に襲いかかってくる。

忠義者は、自分にとっての唯一の武器である剣を手に戦い、若い道化は自分が生きるための武器として来た〈言葉〉で戦う。

成すすべもなく、その出来事を見守っている老人。

〈音の精霊〉は、笛を吹いて忠義者と若い道化を鼓舞しようとするが、激しい太鼓の乱打の音に負けてしまう。

若い道化は知る限りの罵倒語を叫ぶ。

若い道化の罵倒語1

こん畜生　糞ったれ　ろくでなし　馬鹿野郎　豚　間抜け　のろま　与太者　どん百姓　素寒貧　犬　しみったれ　破落戸　怠け者　頓馬　戯け　ならず者　とんちき　餓鬼　気違い　ペテン師　乞食　ルンペン　どけち　抜け作　猫っかぶり　薄鈍　追剥　臆病者　溝鼠　ごくつぶし　インチキ野郎　間抜け　呑んだくれ　怪物　ぐうたら　冷血漢　呆けなす　オタンコナス　ど阿呆　人でなし　意気地なし　泣虫弱虫挟んで捨てろ　野蛮人　一人よがり　ほらふきボンクラ　海坊主　神憑　泥棒　妄想狂　お喋り　獣　木偶の坊　強欲爺　オタンチン　人非

人　げじげじ親父　唐変木　くるくるパー　低能　白痴　道楽者　気取屋　寄生虫　欲張り
のっぺらぼう　怒りんぼ　田舎者　偽善者　小便垂れ　暴君　極道者　虫けら　おべっか使い
アンポンタン　糞爺　おっちょこちょい　鬼　疫病神　小心者

忠義者は影法師たちに捕らえられてしまう。真っ二つに折られる忠義者の剣。だが老人にはどうすることも出来ない。それを見ながら、自分の武器である罵倒語が役に立たなかったことを知った若い道化は、老人に向かって罵倒語を叫び、老人の許を去って行く。

若い道化の罵倒語2

能なし　禿頭　腰抜け　偏執狂　狸　ピンボケ　太っちょ　愚図　アル中　糞蠅　卑怯者　地獄　屁っこき　糞づまり　スカタン　人喰い　お人よし　貧乏神　喰いしんぼ　チビ　エッチ
スットントン　恥知らず　税金泥棒　意地悪　守銭奴　女たらし　石頭　浪費家　がにまた
生臭坊主　極悪人　薄馬鹿　どたくれ　色気違い　出来損い　蝮　ハレンチ　変質者　露出狂
すっとんきょう　嘘つき　小便たれ

〈音の精霊〉は老人を庇って去り、若い道化はくり返す

若い道化の罵倒語3

耄碌爺　薄情者　役立たず
耄碌爺　薄情者　役立たず

この場面の間、玉座に座った長女は、嘲笑を浮かべながら出来事を見ている。

11

影法師たちに捕らえられた忠義者に、長女は、

長女　死にたい？

と、訊く。

長女　忠義者のまま、死なせてあげましょうか？　それとも寝返って、馬小屋の番人にでもなる？　なりたい？

長女の言葉に耳を貸さず、必死に訴える忠義者。

忠義者　王は……、

長女　王は？

忠義者　王であった時、余りに世の中の事を知らずにいました。今、あなたによって玉座を追われた王は、無名の老人。そうして世間を知ろうとしているのです。王であった老人の眼には、見たくないことも見えます。王の命令によって、苦しんでいる人々が見えます。見たかったことも見え

ます。王の命令によって、喜んでいる人々が見えます。老人には……、

長女　老人には？

忠義者　見ることだけが愉しみ。苦しんでいる人々を見ても、喜んでいる人々を見ても、今の王は無力です。何もできません。ですからどうか、老人をそっとしておいて下さい。今さら王を捕まえようなどとはなさらないで下さい。お願いです。玉座に座る、あなた……、王よ……。

長女　どうかしらね。あの老人に持たせてやったお金が失くなれば、彼は私に小遣いをくれと、やってくるわ。老耄仲間を集めて、負けるとわかっている戦いを挑んで来るかも知れないわ。一度は追放した、下の娘を許し、結婚させ、押し寄せて来るかも知れないわ。

家来　どんなことが起きても、あなたは勝ちます。

長女　そうね、勝つでしょう。でも……。

家来　でも……？

長女は忠義者に言う。

長女　見て愉しむことが老人の特権なら、私はそれすら奪うわ。老人は、唯、大人しく留守という名の鳥籠に飼われていればいい。悪いことも良いことも見て愉しむのは、権力を持つ者だけに許された特権。老人に眼は必要ないと報告するがいい。

家来を呼ぶ長女。

長女　私の家来。この男の眼を奪って。

家来　仰せのままに。

忠義者の体を身動きさせなくする家来の影法師たち。

家来は逡巡いもなく忠義者の眼を刀で突き刺す。

忠義者　私の眼は潰されても構わない。だが、どうか、あの方の眼だけは、あの方の……。

懇願するが答えない長女。

長女　お前の剣は、もう折られた。お前の眼は、もう潰された。折られた刀を杖に、見えぬ眼で、あの方を探すといい。

折られた刀を忠義者の前に投げ出す家来。忠義者は、それを手さぐりで探し、辛じて歩き出す。

忠義者の彷徨。

玉座から遠のいてゆくと、仏の化身のように琵琶法師が現れ、「盲人徳談経」を弾き語る。

盲人徳談経

祈りなされ　や　祈りなされ
祈りなされ　や　祈りなされ

四方の仏に　祈りなされ
盲人なればこそ　見えるものがある
盲人なればこそ　見える人がいる

祈りなされ　や　祈りなされ
祈りなされ　や　祈りなされ

琵琶法師を伏し拝む忠義者。
現れて来た地の母たちが忠義者を見送る。
よろめきなぎら歩き出す忠義者。

〈音の精霊〉が現れ、怒りの曲を奏すると、老人が足音も荒くやって来、玉座の長女に近付く。

老人　私は、お前の父だ。お前を作った者だ。お前は私に育てられ、言葉を覚えた。

長女　はい、お父様。あなたは私を膝に乗せ、可愛いいと言う言葉を教えながら、裏切り者の首を刎ねろと仰言いました。私を眠らせ、楽しい夢をごらん、という言葉を教えながら、あいつの領土を奪え、と、仰言いました。私は良い言葉と悪い言葉を同時に覚えたのです。そうして今、私は、あなたに、言葉を贈りましょう。

ふっと笑う長女。

長女　愚かで独りぼっちの老人を、生かすことも殺すことも、それが愉しい遊びだったら、殺すことの方を選んだからと言って、どうしてそれが罪悪なの？

笑いさざめく、家来、長女の影法師たち、家来の影法師たち。

激怒する老人。

老人　お前は私の、血を分けた娘だ。私はお前に人の道を教えて来た筈だ。
長女　娘に物を教えるのは、風に米を蒔くようなもの。何にもならない。何の役にも立ちません。
老人　お前は、もう、私の娘ではない……。
長女　私が玉座に就いた時、父と娘の、長くて深い掟は、破られたのです。道を失くした、あなた。**長女**　迷児の、あなた。あとは洪水の餌食にでもなるといい。

　不意に口調を変えて告げる長女。

長女　地獄へ続く魔道の刻印は、もう押されたのよ。天地無限？　天地有限？　天地は有限よ。私は、生きている内に、楽しみたいの。男たちの眼が私に吸い寄せられる若い内に力を振いたいの。そう、若い内、若い間に。……出て行くのね。もうここに、あなたの居場所はない！

　返す言葉を持たず、打ちのめされて歩き出す老人。
　覚束かなげな足取りだ。
　そして、玉座から遠ざかる内、それぞれ違った方向から、折れた刀を杖にした忠義者と老婆の道化が現れて来る。

忠義者　眼は？　あなたの眼は？

老婆の道化　潰されちゃいないよ。だが、何も見えちゃいないようだ。

〈音の精霊〉が哀しげな曲を奏しはじめる。
哀しみの余り、言葉を失い、舞う老人。
忠義者と老婆の道化は、老人の胸中を代弁するように言う。

忠義者　世の中から消えるのに時間はかからなかった。
老婆の道化　世の中から消えるのに時間はかからなかった。
忠義者　あちこち彷徨い、終の栖も見つからず、家族もいない。
老婆の道化　あちこち彷徨い、終の栖も見つからず、家族もいない。
忠義者　この世は只、仮の宿。
老婆の道化　この世は只、仮の宿。
忠義者　人間とは一体なんなのか？　誰に理解できよう。
老婆の道化　人間とは一体なんなのか？　誰に理解できよう。
忠義者　その謎を解く糸口に思われるので、
老婆の道化　その謎を解く糸口に思われるので、
忠義者　人は人を愛するのかも知れない。
老婆の道化　人は人を愛するのかも知れない。

忠義者　だが出来事が終われば、すべては虚しい。
老婆の道化　だが出来事が終われば、すべては虚しい。
忠義者　何もかも……。
老婆の道化　何もかも……。

〈音の精霊〉は笛を吹きやめる。
老人は舞いやめる。
忠義者と老婆の道化は言葉を断つ。
沈黙。
一陣のつむじ風が吹き過ぎて行く。
ぽつりと呟く老人。

老人　私の人生は終わった……。

項垂れる忠義者。
すると不意に老婆の道化が立ち上がる。

老婆の道化　私は生きてるよ。

そうして老婆の道化は言う。

老婆の道化　水の流れと身の行く末は
流れゆく日のうたかたか
血風すさぶこの荒野
水で浄めよ　その邪心
深山幽谷　花一輪
この世で　栄華を得られぬのなら
鬼にもなろう　夜叉にもなろう
因果は巡る小車の
巡り巡って地獄に行って
冥府の王となるがいい

そう言い切った老婆の道化は、

老婆の道化　私は一人で生きて行くさ。

と、くり返しながら、老人、忠義者と別れて行く。

不自由な体で老人を立ち上がらせる忠義者。

二人は、〈音の精霊〉の音楽に導かれるようにして、老婆の道化とは反対の方へ去って行く。

この場面の間、玉座に座る長女に命じられて玉座を離れてゆく家来、長女の影法師たち、家来の影法師たちの姿が仄かに見えている。

13

長女は玉座に孤りだ。ふっと寂し気に、常は隠している孤独を歌う。

長女の歌1

寂しさを閉じ込めた　硝子玉
手に乗せて　私はそれを見ている

落とせば　割れて
寂しさが　飛び散るから

飛び散れば私は
寂しさに　閉じ込められて
しまうから

決して落とさずに　瞶めている
決して落とさずに　瞶めている

寂しさを閉じ込めた　硝子玉
硝子玉……
硝子玉……

14

玉座から離れた場所に集まっている家来と家来の影法師たち。
独語する家来。

家来　俺は暗闇を怖れている。陽ざしの中では見える、あいつの眼が見えないから。あいつの眼は俺を映し出す鏡。そこに映るものは信頼。だが、その中に含まれている裏切りに、あいつは気付いていない……。

家来は、影法師たちに言う。

家来　なるほど、王はあいつに変わった。

頷く影法師たち。

家来　だが、そのことによって人々の暮らしはよくなったか？

揃って首を振り、否む影法師たち。

家来　それは、王が王の暮らししか知らず、飢えたことがないからだ。私の父は言った。我が家の生活は、荷馬車で支えている。昼も夜も、汗水垂らして働いている。運ぶものは他人の荷物。道端で飯を喰い、舞い立つ埃の中で居眠りをする。馬は言うことを聞かず、目的地に着けば、荷物の上げ下ろし。肩と背中が痛い。骨と肉が疼く。それが私の人生だ。お前は、私のような人生を選ぶな。嘘という武器を使え、お世辞を学べ。だから俺は、ここまで来た。だが俺は、ここで終わりにしたくない。あいつに、王を殺させ、それから俺は王になる。飢えを知る王。飢えを知る者たちの中から、新しい王を選ぶのだ。

一斉に腕を上げ、賛同する影法師たち。

家来　今日まで我々は国を持たない軍隊だった。だが明日は私たちが国だ。……笑ってやろう。騙されやすい女もいるものだ、と。

哄笑する家来と、影法師たち。
だが、その出来事は、あちこちに隠れた長女の影法師たちに盗み見られ、盗み聞きされている。
そして家来と家来の影法師たちは、そのことに気付かずにいる。

家来　さあ、帰ろう。裏切りのために。

家来と家来の影法師たち、そして長女の影法師たちは玉座の長女の許へと帰って行き、虚偽の戯れがはじまる。

15

家来たちが去ると、次女が現れ、母を呼ぶ行為をする。
現れて来る母と地の母たち。
次女は母の胸にすがり、母は次女を抱きしめる。
母（花）によって語られる風の詩。
その中で踊られる、母の舞いと地の母たちの舞い。
次女は、凝っとそれを見ている。

風の詩

風
風が
風が吹いている
風が吹いている海
風が吹いている海の
風が吹いている海のそばに
風が吹いている海のそばに私が
風が吹いている海のそばに私がいて

風が吹いている海のそばに私がいて　食べている
風が吹いている海のそばに私がいて　食べている　飲んでいる
風が吹いている海のそばに私がいて　食べている　飲んでいる　舐めている
風が吹いている海のそばに私がいて　食べている　飲んでいる　舐めている　風を

母は次女の耳に何事かを囁く。
頷く次女。
彼女は一人で玉座に近付いて行き、母と地の母たちは去って行く。
次女を見、嘲るように訊く長女。

長女　何？

するると次女は、はじめて口を開き、姉に懇願する。

次女　……これ以上、父様を非道い目に遭わせないで、苦しめないで、そっとしておいて……。

表情を固くする長女。

長女　……言葉、言葉を使ったのね。言葉を使って私に命じたのね。

次女　私には、思い出があります。母様が歌ってくれた、子守唄。父様が教えてくれた、子守唄。

そして次女は子守唄を歌いながら踊る。

次女を凝視する長女の眼に浮かんで来る妬心。たまりかねて長女は叫ぶ。

長女　いつ？　いつのことなの？　そんな思い出は、私にはない。……思い出を殺して！

剣を抜こうとする家来。

それを見て、長女は命じる。

長女　剣で殺すのは、剣を持つ男だけ。手で殺すのよ。

家来は踊っている次女の背後に近付き、首に手をまわして力をこめる。

抗おうとはしない次女。

次女　……父様を……救って……。

そう言い遺して次女は死んでゆく。
そして同時に倒れる長女の影法師（虚栄）。

虚栄　……私の名は虚栄。あなたの中の虚栄は死んだ。でも、あなたは気付かない。

長女は言う。

長女　父の許に送りつけるがいい。どんなに嘆こうと、もう手遅れ。そのことを思い知らせるためにね。

家来の影法師たちは、次女の亡骸を運んでゆく。

16

激しい足取りで現れて来る老人。
見えぬ眼で、老人を追ってくる忠義者。
老人は悲嘆の余り、狂ったように激しく舞う。

老人の詩

怒りの神が　ましますならば
我のこの身に　降りてくれ
嘆きに勝る　力をくれ

雷《いかずち》の神よ　我とともに轟け
地を揺るがせ　海を鳴らし
邪悪な娘を　怖れさせてくれ

雨の神よ　　我とともに哭け
天より地に降り　溢れ出で
邪悪な娘を　溺れさせてくれ

風の神よ　我とともに吹き荒れよ
木という木から　葉を奪い
娘の邪心を　吹き払ってくれ

老人の舞いを、能のワキのように沈黙して瞶めている盲目の忠義者。
やがて老人が地に倒れ伏すと忠義者は言う。

忠義者　私には見えます。あなたが見えます。盲目の私が一緒では、あなたの足手纏。私は終生あなたを見ながら、どこかで生きて行きます。

そして去って行く忠義者。
〈音の精霊〉は、それを見送る曲を奏する。

この場面の間、玉座に座った長女と寄り添う家来。足許の影法師たちが、酒盃を上げている様子が朧気に見えている。
地に倒れ伏していた老人は、〈音の精霊〉に助け起こされ、足許も覚束なげに去って行く。

17

玉座では長女が家来の手を弄んでいる。
玉座の傍らで、同じ行為をしている、長女の影法師と家来の影法師たち。

長女 あなたの手……、あなたの指。私の妹を殺した手と指。どんな気がした？
家来 彼女の頸は細かった。柔らかかった。呆気ない程に脆かった。細く、柔らかく、脆く、そして、
長女 そして？
家来 肉、だった。殺す私の手の肉と殺される彼女の頸の肉。肉と肉が生と死を分けた。私は、
長女 あなたは？
家来 嬉しかった。
長女 何故？
家来 あなたの役に立った。
長女 感じていたわ。あなたの手が妹の頸に喰い込んで行く時、私の手の肉は妹の頸の肉を感じていた。
家来 私の肉は、いつでもあなたの肉。
長女 妹は消えた。
家来 霧の中で。

長女　沈黙の鳥は死んだ。
家来　過ぎ去った春の日。
長女　遊んだ芝生は枯れた。
家来　姉妹と言う名の塔は崩れた。
長女　未明の光が、
家来　柔らかな鞭で、
長女　闇を追い払い、
家来　暗い暗い闇の底から、
長女　夜が明ける。
家来　今や王は狂人……。私たちの時代が来たのです。古い世代は倒され、新しい世代が訪れたのです。
長女　あなたと私の、時代。
家来　あなたと私の、時代。

ふっと沈黙する長女。

家来　何を考えているのです?
長女　あなたのこと。

家来　私のこと？
長女　そう。
剣を取る家来。鞘から抜くと刀身が煌く。
家来　この剣で私の胸を切り開いてお見せしましょうか？　私の中にいるのは、あなただけ。
長女は家来の手から剣を取る。
長女　水の底以上に、人の心は、わからないものよ……。
呟くと、いきなり家来の首を刎ねる。
家来　……豚奴！
ただ一言を残し、死んでゆく。
同時に倒れてゆく家来の影法師たち。

長女　私は体の渇きを癒しただけ。心は渇いていないわ。私の心は父殺しの欲望でいっぱい。左の拳に裏切りを隠し、右の手で私を抱いて来た、お前。お前と一緒に父を殺す？　いいえ、私の父殺しは私だけのものよ。私のためだけ。そして私は、私自身の王になる。私は権力の塔を積み上げる。妹を殺して、一つ積み、家来を殺して、二つ積み、父を殺して、三つ積む。王国の空は、青い……。

長女の表情に拡がって行く笑い。

そして、長女の影法師（不測）が死んで行く。

不測　私の名は不測。あなたの中の不測は死んだ……。でも、あなたは、気付かない。

18

現れて来る老人。
老人は、「妻よ……」と譫語のように呟きながら座り込む。

老人　どこにいるのか、妻よ。お前がいる処へ私も行きたい。

その呟きに呼応するように、面をつけた地の母たちが現れて来る。
流れ込んで来る歌。

流れ込んで来る歌

記憶
記憶

私は記憶
記憶の中の青い鳥

その歌の中で、地の母たちは、老人に母の面をつける。

老人は《母》となり、言う。

母　人は、愉しかった記憶が一つあれば、老いてからもそれを思い出して生きてゆくことが出来る生き物。存在。どうか、私たちが愉しく暮らした日々を思い出し、生きて下さい。……生きて下さい。例え、天が老いても、私たちの愛は老いません。聴こえませんか？　記憶の河のほとりで歌う声。愛が歌っているのです。

再び流れ込んで来る歌。

流れ込んで来る歌

明日
明日
私は明日
明日の中の青い鳥

その歌の中で、地の母たちは、老人から〝母〟の面を外す。
ゆっくりと笑む老人。立ち上がる。

老人　生きて行こう。空が私の命を召すまでは。お前は充分に生きた、と言うまでは。

老人は決然と、玉座に座る長女の許へと歩いて行く。
去って行く、地の母たち。
父を迎える長女。

長女　何のために帰って来たのです？
老人　生きるために。
長女　私には、もう必要のない人。
老人　玉座には、お前が座るといい。私は、庭の隅に庵を作り、そこに住もう。

だが長女は、首を振って否む。

長女　私には母はない。父は要らない。私は運命の捨小舟に乗ってこの世に送られて来た、神の娘。あなたは、既に私の傀儡。老いて無力な醜い案山子。そして私は、力の傀儡子。傀儡が傀儡に操られ、木偶の影舞、踊るがいい。赤い血潮の雛罌粟が私の地獄に咲き誇る。我は不幸の子なりけり。死んでください、お父さん。死んでください、お父さん！

叫んで父を刺す。

長女　鶏頭の首無しの茎流したる　川こそ渡れ　我が地獄篇！

狂笑する長女。

長女　あなた殺して私になって、今日から私は私自身の王。

老人　時が逆に流れて、過去を覗くことが出来れば……。

呟く老人。

老人　命の松明は夜を照らす。そうすれば夜は昼になる。だが私の松明は私の闇を照らすことが出来なかった。私の心は、闇だ、夜だ……。

言い残して死んで行く老人。

長女の影法師（野望）は彫像のように立ち尽くしている。

19

無人となった王国に孤りぎりの長女。
長女は、玉座を撫で、呟く。

長女　死者たちが、夜毎、亡霊となって枕辺に現れて来る。無言のまま訪れて来る。……眠れない……。沈黙の夜……、不眠の夜……。私の夢は短く中断される。

だが長女は、自らの呟きを打ち消すように強く言う。

長女　望んで得た力、権力、王国。私は強い。私は若い。死者たちが生きている私に、何が出来る？無言の凝視。だが私には言葉がある。消えろ、と命じる言葉を持つ。そう……私は言葉の力で死者たちを追い払い、好きなように生きて行くことが出来る。私が座り続けて来た、この玉座。今、この玉座から立ち上がっても、ここに座ることの出来る者は一人もいない。

ゆっくりと立ち上がる長女。
長女は、玉座を凝視する。

長女　血塗の玉座……。夕間暮れ、ほのかに花の色を見て、その花は血の色をしていた……。

無人の玉座に空から射して来る一筋の血の色。
そして薄暮が訪れる。

長女　孤独……。

呟く長女。
その言葉とともに、最後まで立っていた、長女の影法師（野望）が、ゆっくりと倒れて行く。

野望　私の名は野望。あなたの中の野望は死んだ。そして、あなたは、そのことに気付いた。

倒れた野望を見る長女。
長女は、歌いはじめる。

長女の歌2

勝つために
妹を殺した

父を殺した
私は　勝利を手に入れた
でも……

空は
昼に太陽を持ち
夜に月を持つ
月のない夜は星々を持つ

海は
波を持つ
波上には舟が浮かんでいる

風が吹けば
木々の葉は風とともに舞い
風が吹きやめば木々の葉も静まる

池を見れば
鴛鴦が仲睦まじく
餌を啄んでいる

けれど私は家来を殺した
体だけを愛して　心を信ぜず

今の私に愛はない
私は孤り
空白の勝利に囲まれて
孤り

うしろの正面　誰がいる
うしろの正面　だぁれ？
うしろの正面　だぁれ？

20

長女は、「うしろの正面、だぁれ？」とくり返し、ふっと歌いやめる。
視線は、虚ろだ。
孤独の狂気に襲われたのか？
長女は呟く。

長女　……母さん……。救けて。

すると現れて来る母。
母は、妹殺し、家来殺し、そして父殺しの罪人である長女を抱きしめ、言う。

母　人は人から生まれ、でもやがては土に還るもの……。お前を許し、土に還りましょう。

今、地の上には、長女と母しかいない。
長女を抱きしめ、やさしく笑む母。
母の腕の中で、

長女　鳥になりたい……。

呟く長女。

長女　翼をつけて飛んで行きたい。千里万里の彼方まで。鳥よ、運んでおくれ。鳥よ、一緒に飛んで。
私が土となるところまで。

頷く母。
母は、そっと長女の体を離し、飛翔の舞いを舞う。
凝視している長女。
やがて、自らもまた、舞いはじめる。
長女の父殺しから、ずっと長女を見ていた〈音の精霊〉が歌う。

〈音の精霊〉の唄

地の母
母なる大地

そして次々に現れて来る地の母たちが、母と長女の舞いに加わる。
やがて姿を見せる琵琶法師。

琵琶を弾きはじめる。
地の母たちは舞いやめ、唱えはじめる。

地の母たちの唱和

羯諦《ぎゃあてい》羯諦《ぎゃあてい》
波羅《はら》羯諦《ぎゃあてい》
波羅《はら》僧《そう》羯諦《ぎゃあてい》
菩《ぼ》地《ぢ》娑《そ》婆訶《わか》

母たちの唱和がくり返される間に現れて来る人々。
侍女。
家来。
老婆の道化。
若い道化。
忠義者。
長女の影法師（野望）。
長女の影法師（不測）。
長女の影法師（虚栄）。
家来の影法師たち。

琵琶法師は、死者も生者も、なべての存在を慰撫するように弾き語る。

琵琶法師の弾き語り

彼岸へ行った者よ
彼岸へ行った者たちよ
悟りよ　祝福あれ

生きる者よ
生きて在る者たちよ
生きる喜びに　祝福あれ

祝福あれ
祝福あれ

耀う光。
舞台は光に包まれてゆく。
了。

〈もう一つのエンディング〉

琵琶法師の弾き語り

彼岸へ行った者よ
彼岸へ行った者たちよ
悟りよ　祝福あれ

弾き語りの間に地の母たちは、〝母〟の面を取る。すると、〝母〟は老人となる。
老人は長女を抱きしめる。

長女　……お父様……。
老人　お前に、許す、という言葉を教えよう。

琵琶法師は弾き語りを続ける。

琵琶法師の弾き語り

生きる者よ
生きて在る者たちよ
生きる喜びに　祝福あれ

祝福あれ
祝福あれ

耀う光。
舞台は光に包まれてゆく。
了。

上演記録

「鳥よ　鳥よ　青い鳥よ」

＊「鳥よ　鳥よ　青い鳥よ」は彩の国さいたま芸術劇場のプロデュース公演として行われました。

〈時〉　1994年10月21日〜23日
〈所〉　彩の国さいたま芸術劇場小ホール
演出・岸田理生／舞台美術・朴東佑（パク・ドンウ）／意匠・成瀬優／照明・武藤聡／音楽・石母田守／音響・須藤力／舞台監督・武川喜俊／企画・和田喜夫／制作・彩の国さいたま芸術劇場
〈出演〉　諏訪部仁／高田恵篤／柴崎正道／竹広零二／山田剛之／雛涼子／和田結美／若林カンナ／木島弘子／他

「リア」

＊「リア」は、国際交流基金アジアセンターが、インドネシア、シンガポール、タイ、中国、日本、マレーシアからスタッフ・キャストを集めて制作し、シンガポールのオン・ケンセンが演出した作品で、1997年から1999年まで、日本、東南アジア、オーストラリア、ヨーロッパ諸国を巡演しました。

〈時・所〉　1997年9月9日〜15日・シアターコクーン／9月19日、20日・門真市民文化会館／9月23日・福岡市立西市民センター
1999年1月22日、23日・香港・香港藝術学院歌劇院／1月28日〜31日・シンガポール・カラン劇場／2月5日〜7日・ジャカルタ・タナ・アイルク劇場／2月13日〜18日・パース・ヒズ・マジェスティー劇場

1999年6月23日〜26日・ベルリン・シラー劇場／6月30日〜7月2日・コペンハーゲン・アルバーツルン音楽劇場
演出・オン・ケンセン（シンガポール）／作曲・マーク・チャン（シンガポール）、ラハユ・スパンガ（インドネシア）、半田淳子（日本）、ピタマン（インドネシア）、ロジータ・ング（シンガポール）／振付・ボーイ・サクティ（インドネシア）、アイダ・レザ（マレーシア）／装置・ジャスティン・ヒル（オーストラリア）／照明・［日本公演］原田保、［アジア・オーストラリア公演、ヨーロッパ公演］井口眞／衣裳・浜井弘治／音響・井上正弘／仮面・小道具・小竹信節／ヘアメーク・高橋功亘／技術監督・眞野純／制作・畠由紀／企画・制作・国際交流基金アジアセンター
〈出演〉老人・母・梅若猶彦／長女・江其虎（中国）／次女・ピーラモン・チョンダワット（タイ）／忠義者・［日本公演］ザヒム・アルバクリ（マレーシア）、［アジア・オーストラリア公演］リム・ユーベン（シンガポール）、［ヨーロッパ公演］クレア・ウォン（マレーシア）／女［日本公演］・道化［アジア・オーストラリア公演、ヨーロッパ公演］・片桐はいり／家来・アブドゥル・ガニ・カリム（シンガポール）／母の影法師・［日本公演、アジア・オーストラリア公演］アイダ・レザ（マレーシア）、［ヨーロッパ公演］マリオン・ドゥクルーズ（マレーシア）／他

岸田理生・年譜

【上演作品および略歴】（＊は岸田理生演出）

西暦	出来事	上演舞台	その他の仕事
1946	1月4日、長野県岡谷市に生まれる		
1973		8月1〜4日「天井桟敷」公演「地球空洞説」に参加　高円寺東公園	しばらくの間、寺山修司の個人的アシスタントのような形で台本協力をする
1974		1月26日〜2月2日「盲人書簡」天井桟敷公演に参加　アテネフランセ文化センター 4月　演劇実験室「天井桟敷」入団 7月26日〜30日「盲人書簡◎上海篇」天井桟敷公演に参加　法政大学学生会館大ホール	「さよならパパ」出版　絵：宇野亜喜良　新書館　フェアレディーズシリーズ67 映画「田園に死す」にスタッフとして参加
1975		4月19、20日　30時間市街劇「ノック」天井桟敷公演　台本／幻一馬、岸田理生　杉並区一帯 6月21〜25日「疫病流行記」天井桟敷公演に参加　アテネフランセ文化センター	映画「濡れた欲情　ひらけ！チューリップ」脚本執筆　日活　監督：神代辰巳

1976		10月21～23日「疫病流行記」天井桟敷公演に参加　渋谷エピキュラス 11月～76年1月「疫病流行記」海外公演に参加（オランダ、ベルギー、ドイツ） 3月16～18日「疫病流行記」天井桟敷公演に演出助手として参加　渋谷エピキュラス 7月29～31日「阿呆船」天井桟敷公演に台本協力として参加　大映調布第4スタジオ 8月「阿呆船」海外公演に参加（イラン） 10月　公開ワークショップ「引力の法則」作・寺山修司、岸田理生／演出・寺山修司、J・A・シーザー	「ロンググッドバイ」出版　絵：味戸ケイコ　新書館 翻訳「窓の下で」K・グリーナウェイ絵　新書館 翻訳「マザーグースの絵本・だんだん馬鹿になってゆく」K・グリーナウェイ絵　新書館 翻訳「マザーグースの絵本・アップルパイは食べないで」K・グリーナウェイ絵　新書館 翻訳「マザーグースの絵本・なぞなぞなあに？　見つけた」K・グリーナウェイ絵　新書館
1977	並行して、早稲田大学演劇研究会にて独自の演劇活動を開始	2月25、26日「夢に見られた男」早稲田大学演劇研究会　早大劇研アトリエ 6月20、21日「墜ちる男」「墜ちる男」上演委員会　大隈小講堂 11月30日、12月1日「洪水伝説」哥以劇	映画「一寸法師を記述する試み」人力飛行機舎　脚本、監督／寺山修司、岸田理生 映画「ボクサー」共同台本　東映東京　監督：寺山修司

1978

10月『哥以劇場』設立

場旗揚げ公演　自由劇場
1月7〜9日「奴婢訓」天井桟敷公演に演出助手として参加　東京晴海国際貿易センター新館2階
4月5〜9日「解体新書」哥以劇場　元麻布天井桟敷館
6月22〜26日「身毒丸」天井桟敷公演に共同作詞台本として参加　紀伊國屋ホール
6月29日〜7月2日「観客席」天井桟敷公演に共同台本として参加　紀伊國屋ホール
7月8、9日「捨子物語」哥以劇場　ライヒ館モレノ
11月3〜5日「奴婢訓」天井桟敷公演に台本協力として参加　東京晴海国際貿易センター新館2階
12月8、9日「捨子物語」哥以劇場　太陽神館

翻訳「海賊島の女王様」K・グリーナウェイ絵　新書館
翻訳「マザーグースのクッキングブック」K・グリーナウェイ絵　新書館
映画「草迷宮」人力飛行機舎　脚本：寺山修司、岸田理生　監督：寺山修司
映画「サード」に台本協力（クレジットはなし）ATG

1979

4月3〜5日「捨子物語」哥以劇場　パルコドラマフェステバル参加　渋谷パルコ裏特設テント
5月25〜28日「レミング—世界の涯てへ

翻訳「アニーのにじ」ロン・ブルックス作・絵　偕成社
翻訳「太陽の東・月の西」副題「北欧伝説」カイ・ニールセン絵　新書館

1980		連れてって―」 天井桟敷公演に共同台本として参加 東京晴海国際貿易センター新館2階 7月13～15日 「凧」 新人公開ワークショップ 哥以劇場 早大劇研アトリエ 10月11～14日 「朧月記」 哥以劇場 早稲田銅鑼魔館 6月27～29日、7月3～6日 「夢の浮橋」 哥以劇場 哥以劇場アトリエ 12月2～7日 「八百屋の犬」 哥以劇場 早稲田劇団木霊アトリエ	翻訳「おしろいとスカート」 カイ・ニールセン絵 アーサー・Q・クーチ編 翻訳「ウンディーネ」 M・フーケー作 アーサー・ラッカム絵 翻訳「マリーゴールドガーデン」 K・グリーナウェイ絵 新書館 映画「少女娼婦―けものみち」 にっかつ 監督：神代辰巳
1981	7月 『哥以劇場』解散 『岸田理生事務所』設立	6月13、14、20、21日 「さんせう太夫」 哥以劇場 赤坂国際芸術家センター	翻訳「ロザニー姫と浮気な王子さま」 カイ・ニールセン絵 アーサー・Q・クーチ編 映画「上海異人娼館チャイナドール」 脚本協力（クレジットなし） 東宝東和
1982		5月22、23日 「恋唄くづし 火学お七」 ＊ 岸田理生事務所 アトリエフォンテーヌ	戯曲「朧月記」出版（出帆新社） 映画「さらば箱舟」 劇団ひまわり＝人

1983	12月『岸田事務所＋楽天団』結成	岸田事務所と楽天団の共同作業が始まる 8月14～19日「花札伝綺」＊ 岸田理生事務所 渋谷ジアンジアン 12月14～19日「ハノーヴァの肉屋」 楽天団 スタジオあくとれ 12月9～15日「レミング―壁抜け男―」天井桟敷公演に共同台本として参加 紀伊國屋ホール 3月9～13日「火學お七」＊ 岸田事務所＋楽天団 ザ・スズナリ 5月「新・邪宗門」第二次演劇団 作・寺山修司、岸田理生、流山児祥、高取英 本多劇場 5月「レミング―壁抜け男―」 天井桟敷地方公演に共同台本として参加 8月17～21日「青森県のせむし男」＊ 岸田事務所＋楽天団 渋谷ジアンジアン 10月「桜の森の満開の下」千賀ゆう子企画＋迦樓羅舎 スタジオあくとれ 11月13～15日「青森県のせむし男」＊ 岸田事務所＋楽天団、沖縄ジアンジアン、11月17、18日 大阪オレンジルーム	力飛行機舎＝ATG 脚本：寺山修司、岸田理生 公開は1984年 童話集「靴をはいた青空Ⅳ」出版（出帆新社）寺山修司・白石公子・岸田理生・正津勉・日野啓三・立原えりか

1984		3月3、4日「宵待草」ワークショップ 岸田事務所＋楽天団　スタジオあくとれ 5月18～20日「糸地獄」岸田事務所＋楽 天団　アトリエフォンテーヌ、5月25～27 日　スタジオあくとれ 9月12～16日「男色大鏡」ワークショッ プ　岸田事務所＋楽天団　スタジオあくとれ 12月5～10日「吸血鬼」岸田事務所＋楽 天団　ザ・スズナリ	戯曲「糸地獄」出版（出帆新社） 翻訳「十二人の踊る姫君」カイ・ニール セン絵　アーサー・Q・クーチ編 翻訳「おしろいとスカート」カイ・ニー ルセン絵　アーサー・Q・クーチ編 テレビドラマシナリオ　気分は名探偵 「消えたダイヤは八千万⁉」「愛されすぎ た男」「ミンク騒動‼」
1985	1月「糸地 獄」にて第29 回岸田國士戯 曲賞受賞	5月3～6、9～12、16～19日「改訂版 ハノーヴァの肉屋」岸田事務所＋楽天団 スタジオあくとれ 7月「危険な関係」流山児★事務所　渋 谷ジアンジアン 8月28日～9月1日「八百屋の犬」岸田 事務所＋楽天団　ベニサンピット 11月28日「恋　其の壱」岸田事務所＋楽 天団　江東区文化センター（東京アートセ レブレーション参加）、12月4～8日　ザ ・スズナリ	戯曲「吸血鬼・夢の浮橋」出版（白水 社） 吸血論考「私の吸血学」出版（白水社） テレビドラマシナリオ　気分は名探偵 「猫を愛しき女」 テレビドラマシナリオ　刑事物語85 テレビドラマシナリオ「母の手紙」　C X　監督：神代辰巳 映画「ALLUSION～転生譚」　C BS・ソニー　監督：篠田正浩
1986		3月28～30日「宵待草」岸田事務所＋楽 天団　渋谷ジアンジアン	戯曲「忘れな草」出版（而立書房） 小説集「最後の子」出版（光風社出版）

1987

5月23〜27日「眠る男」ワークショップ
岸田事務所＋楽天団　スタジオあくとれ
6月21日〜「忘れな草」スパイラルホー
ルプロデュース　スパイラルホール
8月7、8日「恋　其の弐」岸田事務所
＋楽天団　利賀山房（利賀フェスティバル
参加）、8月11、12日　名古屋七ツ寺共同
スタジオ、8月14、15日　大阪扇町ミュー
ジアム・スクエア、9月3〜7日　東京T
2スタジオ
12月10〜14日「朧月記」ワークショップ
岸田事務所＋楽天団　スタジオあくとれ
3月16〜19日「宵待草」岸田事務所＋楽
天団　渋谷ジァンジァン、3月26日　下関
シーモールホール、3月28、29日　博多秀
巧社ホール、3月31日、4月1、2日　沖
縄ジァンジァン、4月4、5日　大阪扇町
ミュージアム・スクエア
6月22〜28日　1987年版「糸地獄」
岸田事務所＋楽天団　ベニサンピット、8
月18〜20日　松本あがたの森講堂（松本演
劇フェスティバル参加）

エンドレスパズル（吉田光彦）抒情的
少女抄／サーカス小唄の原作　河出書房
新社
テレビドラマシナリオ「青い沼の女」
NTV　監督：実相寺昭雄

演劇論集「幻想遊戯」出版（而立書房）
テレビドラマシナリオ「明日をくださ
い」YTV　監督：鶴橋康夫
テレビドラマシナリオ「瑠璃の爪」C
X　監督：神代辰巳
映画「ベッドタイムアイズ」ビックバ
ン＝メリエス　監督：神代辰巳

1988		10月1日「雪女抄」―語り女松田晴世に捧げる　渋谷ジアンジアン 11月18〜23日「恋　其の参」岸田事務所＋楽天団　ベニサンピット 4月21〜24日「魚族祭」ワークショップ岸田事務所＋楽天団　スタジオあくとれ 6月10〜20日「嘘・夢・花の物語」流山児★事務所　シードホール 7月14〜17日「フォーシーズン」岸田事務所＋楽天団　スタジオあくとれ 9月8〜18日「終の栖、仮の宿―川島芳子伝」中島葵プロデュース　ベニサンピット 10月15〜30日「浅草紅団」シアターアプルプロデュース　シアターアプル 12月17〜25日「料理人」岸田事務所＋楽天団　ベニサンピット	小説集「水妖記」出版（光風社出版） テレビドラマシナリオ「かくれんぼ」YTV　監督：鶴橋康夫 テレビドラマシナリオ「無実の証明」YTV　監督：石田勝心 テレビドラマシナリオ「埋れ火」CX　監督：木下亮 テレビドラマシナリオ「王女の涙」NTV　監督：木下亮 テレビドラマシナリオ「私の心はパパのもの」NTV　監督：大林宣彦 映画「1999年の夏休み」ニュー・センチュリー・プロデューサーズ　監督：金子修介 映画「悪徳の栄え」にっかつ　監督：実相寺昭雄
1989	1月「終の栖、仮の宿」にて	4月27〜30日「フォー・レターズ」岸田事務所＋楽天団　スタジオあくとれ	テレビドラマシナリオ「出張の夜」KTV　監督：林宏樹

	紀伊國屋演劇賞受賞（個人賞） 3月「1999年の夏休み」にて熊本映画祭シナリオ賞受賞	5月16～18日「桜花抄」インテグロ＋シアターアップル　シアターアップル 7月19～23日「代理人」＊　光ハウスプロダクツ　タイニイ・アリス 7月30日「料理人」岸田事務所＋楽天団　利賀山房（利賀村フェステバル参加） 9月10日「料理人」岸田事務所＋楽天団　MZA有明 10月「八百比丘尼」西崎緑舞踏研究所　芝・増上寺 12月「白蘭」連城三紀彦プロデュース　新宿スペース107	テレビドラマシナリオ「結婚式」松本清張サスペンス　YTV　監督：鶴橋康夫
1990	1月　HMP結成に参加	1月5～8日「出張の夜」岸田事務所＋楽天団　タイニイ・アリス 2月8～12日「上海異人娼館チャイナドール」青蛾館　バウスシアター 2月「フォーシーズン」東京演劇集団風　SKスタジオ 2月8、9日「雪女のための五重奏」千賀ゆう子企画　仙台公演、16～18日　渋谷ジアンジアン 4月18～21日「日曜日のラプソデー」岸	テレビドラマシナリオ「死がお待ちかね」ABC　監督：神代辰巳 テレビドラマシナリオ「Vの悲劇」CX　監督：河村雄太郎 テレビドラマシナリオ「故人の名刺」KTV　監督：塚田哲也 テレビドラマシナリオ「獄門島」（横溝正史シリーズ1）CX　監督：福本義人 テレビドラマシナリオ「彼女が結婚しな

1991

田事務所＋楽天団　浅草木馬亭
5月19〜21日「アリスの夢」〈女をめぐって・その1〉劇団DA・M　プロトシアター
6月2〜6日「かくれんぼ」インテグロ＋シアターアプル　シアターアプル
7月27〜29日「猫とカナリア」光ハウスプロダクツ&千賀ゆう子企画　渋谷ジアンジアン　京都無門館
8月22〜26日「真夏の夜の……夢?」岸田事務所＋楽天団　タイニイ・アリス
9月21〜23日「変身」〈女をめぐって・その2〉劇団DA・M　プロトシアター
11月8〜11日「糸地獄」岸田事務所＋楽天団　東京国際演劇祭参加　練馬文化センター（小ホール）
11月23〜28日「百年の悦楽」流山児★事務所　シアター・サンモール、12月1、2日　東京芸術劇場小ホール1
12月7日「母・びるぜんまりあ」西崎緑舞踊研究所　有楽町朝日ホール
2月1〜3日「思いだす」〈女をめぐって・その3〉劇団DA・M　プロトシアター

い理由」NTV　監督：大林宣彦
テレビドラマシナリオ「世にも奇妙な物語（2）視線の町」CX　監督：久世

3月28～30日「宵待草」岸田事務所＋楽天団 相鉄本多劇場
5月23日～6月9日「メディア・マシーン」シアターグループ太虚 住友ベークライト跡地メディア劇場
6月「八百比丘尼」再演 西崎緑舞踊研究所
9月12～16日「WALTZ」＊ 岸田事務所＋楽天団 スタジオあくとれ
9月27日「半田淳子琵琶の世界 浅茅が宿」武蔵野文化事業団 武蔵野芸能劇場
11月「八百比丘尼」再演 西崎緑舞踊研究所 小浜市文化会館

光彦
テレビドラマシナリオ「密愛（蜜愛）226に散った恋」NTV 監督：加藤彰
テレビドラマシナリオ「張込み」CX 監督：河村雄太郎
テレビドラマシナリオ「悪霊島」（横溝正史シリーズ2）CX 監督：福本義人

1992

10月27日～11月8日 第1回「アジア女性演劇会議」開催、実行委員を務める

1月14～17日「トライアングル」東京演劇集団風 SKスタジオ
2月26～29日「糸地獄」（オーストラリア公演） 岸田事務所＋楽天団 パース・ニューフォーチュンシアター、3月3～10日 アデレイド・スペイスシアター
4月29日～5月3日「私たちのイブたち」東京演劇集団 風シアター・サンモール
9月11～13日「とぷとぷ」〈女をめぐって・

戯曲「恋 三部作」出版（而立書房）
小説「1999年の夏休み」出版（角川文庫）
テレビドラマシナリオ怪談（1）「耳なし芳一のはなし」「むじな」「雪女」CX 監督：久世光彦（耳）、三輪源一（む）、瀧川治水（雪）
テレビドラマシナリオ「本陣殺人事件」横溝正史シリーズ（3）CX 監督：

		その4〉 劇団DA・M 12月3〜8日 「だから……?」 演出：岸田理生・土井通肇 元祖演劇乃素いき座 こまばアゴラ劇場 12月8〜13日 「隠れ家」＊ 岸田事務所＋楽天団 スタジオあくとれ 92〜94年 「セオリ・チョッタ」 タイニイ・アリスプロデュース 東京〜サンフランシスコ〜ロサンジェルス〜ソウル	福本義人 テレビドラマシナリオ「華岡青洲の妻」 CX 監督：久世光彦（第30回ギャラクシー奨励賞受賞作品） 「実相寺昭雄の不思議館（1）」（ビデオ） バンダイビジュアル 監督：岸田理生
1993	4月 岸田事務所＋楽天団を退団（実質的には解散）	2月26、27日 「車人形 迷宮譚」 国立劇場 国立劇場小劇場 3月13、14日 「四重奏―カルテット」＊ 岸田理生プロデュース 相鉄本多劇場、3月19〜20日 スタジオあくとれ 10月15〜18日 「啞女」 劇団DA・Mプロトシアター 12月10、11日 「旅人たち」＊ 岸田理生＋タマリンド STスポット	小説「最後の子」出版（角川文庫） 小説「水妖記」出版（角川文庫） テレビドラマシナリオ 怪談KWAIDANⅡ「長良屋お園の怪」 CX 監督：久世光彦 テレビドラマシナリオ「悪魔の手毬唄」 横溝正史シリーズ（4） CX 監督：福本義人 「鏡花狂恋」（ビデオ） 東北新社 監督：服部光則
1994	第2回「世界女性劇作家会議」出席（オ	1月30日 「花」＊ 岸田理生プロデュース 湘南台市民シアター 3月5〜13日 「恋 其之四」 演劇企画集	

	ーストラリア アデレード）	団楽天団　スタジオあくとれ 6月17～19日「宵待草」＊　諏訪部仁プロデュース　テルプシコール 6月～7月「八百比丘尼」欧州公演　西崎緑舞踊研究所 10月12日「八百比丘尼」東京公演　西崎緑舞踊研究所 10月21～23日「鳥よ 鳥よ 青い鳥よ」＊　さいたま芸術劇場プロデュース（柿落し公演）彩の国さいたま芸術劇場小ホール	
1995		1月20～22日「二人ぼっち」＊　岸田理生カンパニー　STスポット、6月　ソウル公演 3月11、12日「旅人たち」＊　岸田理生プロデュース　シアターVアカサカ 12月「身毒丸」　ホリプロ　彩の国さいたま芸術劇場大ホール、静岡市民文化会館、近鉄劇場、愛知県芸術劇場	映画「白い馬」ЦАГААН МОРЬ　ホネ・フィルム　監督：椎名誠
1996		1月「身毒丸」　ホリプロ　シアターコクーン 2月「身毒丸」　ホリプロ　札幌市教育文化会館　音更町文化センター	テレビドラマシナリオ「愛という名の牢獄」　CX　監督：瀧川治水

	3月29～31日「ダナイード」シアターグループ太虚　六行会ホール 10月1、2日「風唄vol・1」with　ジョエル・レアンドル　＊　岸田理生カンパニー　STスポット	
1997	2月8～11日「男たちのできごと」＊　岸田理生＋STスポット　STスポット 3月～4月「草迷宮」彩の国さいたま芸術劇場、Bunkamuraシアターコクーン 7月24～27日「空から来た人」＊　岸田理生カンパニー　タイニイ・アリス 9月9～15日「リア」国際交流基金アジアセンター委託作品　シアターコクーン 10月「身毒丸」ホリプロ　イギリス公演　ロンドン・バービカン劇場	戯曲「身毒丸・草迷宮」出版（劇書房）
1998	6～7月「身毒丸」ホリプロ　東京および地方公演 7月23～27日「三人姉妹」ショウ・デザイン舎＋シアターX	
1999	1月22、23日「リア」国際交流基金アジアセンター　香港藝術学院歌劇院、1月28～31日　シンガポール・カラン劇場、2月5～7	

日　ジャカルタ・タナ・アイルク劇場、2月13〜18日 パース・ヒズマジェスティー劇場
6月23〜26日「リア」 国際交流基金アジアセンター　ベルリン・シラー劇場、6月30日〜7月2日 コペンハーゲン・アルバーツルン音楽劇場
8月27〜29日「迷児の天使」＊ 岸田理生カンパニー　ザムザ阿佐ケ谷
10月14〜25日「大正四谷怪談」 ホリプロシアターアプル、10月28日〜11月23日 地方公演
11月4日 LUNA Party「梟の声」＊ 三宅榛名企画　シアターX

2000
3月23日「孤独 Isolation」「梟の声」ファンタスマ「実相寺昭雄・映像と音楽の回廊」
8月31日〜9月10日「永遠 PART I」演劇集団円　紀伊國屋サザンシアター
00〜01年「ディスディモーナ」シアターワークス（シンガポール） シンガポール〜ハンブルグ〜アデレード〜福岡

2001
2月16〜19日 第3回「アジ
2月1〜4日「ソラ ハヌル ランギット」＊ 岸田理生カンパニー こまばアゴラ劇場

	ア女性演劇会議」開催、実行委員長代行を務める 12月 自宅で倒れ、東京医大に入院、後、北部セントラル病院に転院	6月21～30日「永遠 PART Ⅱ」演劇集団円 紀伊國屋サザンシアター、7月6～8日 神戸オリエンタル劇場	
2002	2月 東京医大に転院、10月 岡谷市諏訪湖畔病院に転院、11月より自宅で療養	1月～3月『身毒丸』藤原竜也×白石加代子 ファイナル！	戯曲「終の栖・仮の宿―川島芳子伝」出版（而立書房）
2003	6月2日 岡谷市諏訪湖畔病院に再入院 6月28日8時38分 岡谷市諏訪湖畔病院にて永眠。		

「鳥よ 鳥よ 青い鳥よ」の頃、「リア」の頃——解説にかえて

作っては潰してきた二つの劇団を通して、岸田の書く作品には大きく二つの流れがあったように思う。一つは日本の、特に大正・昭和の物語。もう一つは西洋（主にドイツ）、あるいは無国籍無時代の物語である。いずれにしてもその文体は少し古い日本語を駆使し、日本語の持つ特有の言い回しに支えられて作られていた。

ところが一九九〇年、ひとりの友人に誘われて韓国旅行に行くところから、岸田の書くものに大きな変化が見られるようになる。この一回目の韓国旅行では、韓国についての予備知識をまったく持たずに、友人に任せきりで行ったので、そのショックはとても大きなものだったと思う。そこから韓国という国と韓国語に対する猛勉強を始める。その時に紹介された韓国の演出家キム・アラ氏とは英語での会話が有効だと分かると、今度は英語の勉強も始める。揚げ句の果てに、劇団解散の直接的な原因ともなった「糸地獄」のオーストラリア公演では、韓国の音楽家キム・ミョンファン氏に来日してもらって音楽を作ってもらったりもした。後に始める「国境を越える演劇シリーズ」の第1回に、このオーストラリア公演を記すのも、この公演が単に劇団の海外公演ではなく、岸田にとって海外の演劇人との共同作業の始まりだとの意識があったからだ。

そうして、オーストラリアでは絶賛を浴びながらも、翌年劇団は解散する。しかし、解散前からさいたま芸術劇場での柿落《こけらおと》し公演を引き受けていて、これはとりやめるわけにはいかなかった。「鳥よ

鳥よ 青い鳥よ」は、そのようにして出来上がった。具体的に韓国と名指しはしないが、言葉を奪い取られ別の言葉を強要される人々の苦悩を描いた作品だ。上演時、奪われた言語の設定を、歴史上は強要した側の日本語にして、上演することの欺瞞を指摘する声もあった。しかし、この作品が演劇における言語の問題として後に別の展開を見せることになる。

韓国の演劇人との共同作業は、音楽家、美術家、演出家、俳優と多岐にわたり、その人数もどんどん増えていった。時には招聘公演をやり、または海外公演もやり、いろんな形での共同作業を実践していった。そして日韓演劇の草の根交流としては、押しも押されもせぬ第一人者となった頃、国際交流基金アジアセンターから、脚本執筆の依頼があった。アジアセンターの企画で、シンガポールの演出家オン・ケンセンが「リア王」をやるのだが、その脚本を書ける人間を日本で探していたのだ。その依頼に応えて書いた初稿が、収録されている「リア」である。

この作品は演出家とのやりとりを通して、どんどん変更されたので、上演時にはこの初稿とは似ても似つかぬ内容になった。しかし、こうした演出家とのやりとりは寺山修司との共同作業から始めた岸田にとっては、まったく抵抗のないやり方だった。脚本家は単に机の上で脚本を書くのではなく、稽古場に行き実際に演じてもらって書き直すという、いわば言葉担当のスタッフとして公演の現場を支えていることに誇りを持っていたし、英語が主体となったコミュニケーションの場に一人で参加していることを自慢するようにもなった。

一方、日本国内では蜷川幸男との共同作業があり、また自分自身のオリジナルな表現の場として岸田理生カンパニーの公演も定期的に行っていた。商業演劇と実験演劇、海外公演と国内公演を交互に行い、バランスを取っていたように、韓国の演劇人とシンガポールの演劇人ともまた同等に大切な共同作業の相手としてバランスを取っていたようにも思える。そうして岸田理生カンパニーとしては最後の公演となった「ソラ　ハヌル　ランギット」では、日本語、韓国語、英語、北京語、それに日本手話の入り混じる、まさに多国語によるパフォーマンスを自ら演出するようにもなった。そして、その公演の元となった作品こそが「鳥よ　鳥よ　青い鳥よ」だったのだ。

つまり岸田理生の後期の作品は、それまでとは一転して日本語にあまり依存しないで、まるで世界標準の作品を目指すようだったとも言える。実際に英語とか韓国語で台本を書いたりもしている。そうした作品群の最初に書かれたのが「鳥よ　鳥よ　青い鳥よ」で、多国語というもう一つの展開を強いられたのが「リア」だったのだ。

最後になりましたが、この岸田理生戯曲集三冊を出版するにあたり、而立書房の宮永さんと村井さんには大変お世話になりました。亡き岸田の墓前に報告するとともに、お二人に深く御礼を申し上げます。この本によって、岸田理生の作品がより多くの人の目に触れ、上演の機会が増えることを願ってやみません。

理生さんを偲ぶ会　代表・宗方駿

鳥よ　鳥よ　青い鳥よ　岸田理生戯曲集Ⅲ

2004年8月25日　第1刷発行

定　価　本体1800円＋税

著　者　岸田理生

発行者　宮永捷

発行所　有限会社　而立書房
東京都千代田区猿楽町2丁目4番2号
振替　00190－7－174567／電話　03（3291）5589
FAX　03（3292）8782

印　刷　有限会社科学図書

製　本　有限会社岩佐製本

落丁・乱丁本はお取り替えいたします。

ISBN 4－88059－318－4 C0074